孫物語

椎名　誠

集英社文庫

孫物語　目次

孫物語

サンコンカンからの来襲

久しぶりに、日常お茶碗味噌汁タマゴ焼き的な話を書くことになった。ここでは何もめずらしいことはおきないし、むかしひっきりなしに行っていた最低気温マイナス五十九度の日々とか、それとは逆に乾燥度一〇〇パーセント、最高気温五十二度の旅、なんて息苦しい話はまったく出てこない。

舞台は東京、新宿の西。静かとはいえない、ちょっと下町の気配のする住宅商店街に暮らすわが日々の場所。外国のいろいろヘンなところに行っているうちにぼくは東京の地下鉄網がさっぱりわからなくなってしまったし、スターバックスもまごついてしまって怖くて一人では入れない。旅にはまだときおり行くが、最近は自宅の屋上のデッキチェアにすわって東京の西の空の雲なんかを眺めていることのほうが好きになってしまった。

「いいなあ、銃声も聞こえないし、砂漠と天をつなぐタツマキも出てきそうにないし」

などと、思っていたら東京郊外に巨大なタツマキが発生して沢山の被害がでた。

「むかしは夏といえば毎日夕立でカミナリが走ったものだ」

などと思っていたら、雷雲が連日発生し、わが家の近所の家に落雷し、余波で電子機器壊滅の被害をうけた。

あまり「いいなあ」などとノウテンキに言っていられない東京になっている。

それでも日本の自宅に落ちついているのは、「いいなあ」とこの数年思うようになってきたからだ。

その理由は「孫」の登場である。じいちゃんはここでにわかにふやけ顔となり、どうにもだらしがなくなる。これまで世間的に聞いていた「孫というのは可愛いし、面白いものですよ」というのは客観的にしばしば感じていた。

街を歩いていてもあきらかにおじいちゃんかおばあちゃんと思われる老人と小さなその孫がなにやら話しながら歩いてくるのをみると「いい風景だなあ」と思ったし、そこだけとくべつやわらかい空気に包まれているようで、見ている他人のぼくもこころが安らぐのを感じていた。

ぼくに最初の孫ができたのは二〇〇三年だから、思えばだいぶ前のことだ。ぼくの娘は大学を卒業するとすぐに、息子は十九歳でアメリカにわたってしまった。娘はニューヨーク、息子はサンフランシスコである。その息子のほうが結婚して子供ができた。男の子で、ぼくの孫第一号である。初孫誕生の連絡は外国で聞いた。

南米の厳しい嵐がやってくる前の日だった。そこからさらに奥地にいく小型飛行機が飛ぶか飛ばないかの瀬戸際だった。

海外での旅の停滞は嫌なものだから、ぜひ飛行機が出てほしい、と思ったが、パイロットは慎重だった。でもそういうときにいきなり「孫誕生」の知らせを聞いたものだから「パイロット無理すんな」と急に思考とタイドを変えた。

無理して飛び出して墜落なんかしないでくれ、と思ったのだ。墜落して死ぬなら、せめてその初孫の顔を見てからにしてほしい。南米だからそこから大きな旅客機でまっすぐ十四時間ぐらい北上していけばサンフランシスコに着く。現実的にはそんな時間も余裕もないが、待機時間に真剣に航空ルートを調べたりしていた。

でも我々の小型機は無理して奥地に飛ぶことになった。常に強風が吹いているという有名なパタゴニアのフィッツロイという急峻な山を目指していた。ぼくは七人乗りの飛行機の窓から外を見ていた。離陸だけで全身がゆさぶられる激しい振動のさなかだった。

窓から後ろのほうの風景を見て「ひゃ！」と思った。もうその空港を離陸して十分ぐらいたっているのに、空港の滑走路がまだ見えているのだ。軽飛行機のエンジンでは吹きつけてくる風によってスピードが極端に抑えられているらしいのだ。それでもじわじわ前方に進んでいるのは確かだから心配しなくていいらしい。

飛行機は、強い風にむかってかなり斜めになって飛んでいるようだった。ヨットのように飛行機にもそういう独特の航法があることをそのときはじめて知った。

それまではパタゴニアに来たならば「いつ何がおきるかわからない」と言われていたので当然こっちもいつどういう事態に遭遇してもかまわない、という気持ちで旅していたが、そのフライトからぼくは急に「常に安全第一に願いますよ」などと思うようになってしまったのだった。

「生きていくこと」

これが「孫」がじいちゃんに及ぼす最初の「大きな力」なんだ、ということを、後になって知った瞬間だった。

ベイブリブリッジ

息子夫婦は学生結婚だった。

芸術大学に行っているので、彼らの仲間が祝ってくれ、我々両親はそのささやかな結婚祝いのパーティには出席しなかった。

それよりもっと以前にその芸術大学に一度行ったことがあるが、学校の屋上からアルカトラズが見えた。あの脱走不可能と言われた監獄島である。「カリフォルニアブルーとはこれか！」と思うようなよく晴れている日だった。

アメリカの芸術大学の学生たちはやっぱりちょっと変わっていて、自分の彫っている巨大な彫像の前に寝泊まりし、起きるとその前でなにやら意図不明のインドヨガみたいなのをやっている中央アジア系の若い娘などがいて全体がまさしくアメリカだった。

最初の孫が生まれたとき、ぼくは五十代最後の頃で、今思えばまだまだ体力気力充実して若く、これからさらに世界のあっちこっちに行っていろんなことを見たり体験しようと思っていた。つまりはまあやたら若いじいちゃんとなったのだった。

初孫を見にいったときは妻と一緒だった。

サンフランシスコのカストロという街のアパートに彼らは住んでいて、つつましい生活をしているのがその家具や台所用品などから見てとれた。まだ親の仕送りで生活しているのだから当然だ。

赤ちゃんは、日本でもよく見るような木製の柵のついたベビーベッドの中でやすらかに眠っていた。「こんにちは赤ちゃん」だ。

ぼくの不用意に出した太い声で小さな子はバンザイの握りこぶしをふるわせて驚いてしまった。

「気をつけてよ」

新米の父親が、それでも一応父親らしくぼくに抗議する。

「大丈夫。これが赤ちゃんへの最初の挨拶の方法だよ」

ぼくは言った。

自分の子供よりも孫のほうが可愛い、とよくいうが本当だった。アメリカで生まれたこの子がこれからどんな人生を歩んでいくのか皆目見当はつかないが、このままアメリカで生きていくか、日本に帰国するか、いつの日かその岐路にたち決断を迫られるのだろうな、ということはこの初対面のときにぼくは瞬間的にフクザツな思いで感じていた。

彼らの住んでいるカストロという街は、家々のいたるところに絵画が描かれ、芸術家の街という顔をもっている一方、ここにたくさん住んでいるヒスパニック系の人々と黒人の間での抗争が絶えず、いかにもアメリカらしい話だが、拳銃による殺しあいなども行われているようだった。たしかに初めてその家に泊まった夜にも、自動車のタイヤのパンクとはあきらかに違うピストルの音などが遠く聞こえたものだ。「ウォー・タウン」と呼ばれている意味もよくわかった。

我々は一週間で帰らねばならなかった。初めての孫を見て、いままで思いもしなかった継承されていく命とか遺伝子、ということを寝られない帰国前の夜に考えていた。

滞在中に、自分のつけた名前はあれでよかっただろうか、と息子に聞かれた。当初電話で相談をうけていて、率直にそれでいいなあ、と思ったのでその通り言ったのだが、息子はぼくからじかにその感想を聞きたいようだった。

この「じじバカ物語」では、これから頻繁に出てくる三匹の孫の話を満載していくが、本人たちの了承を得ていないので、ここでは本名とはそれぞれ別の名前で書いていくことにしたい。みんなどこかで通底しているニュアンスを意識しているが。

孫、第一号は「波太郎(なみたろう)」である。

サンフランシスコの海のそばに生まれ、ちょっと外に出掛けるというときは彼らはゴールデンゲートブリッジやそのそばのえらく広い海岸で遊んでいた。カリフォルニア海流は冷たく、波も荒い。巨大な波が次から次へと押し寄せてくる風景を見て育っているから、どうしても風や海が、その小さな子供の原風景になるだろう、と思った。

日本に帰っても彼ら小さな命が遠く海をへだてたあの国で毎日かならずぐんぐん育っ

ている、ということはしだいにぼくの「生きるよろこび」のひとつになっていった。

彼らの親たちからの電話は以前よりも長くなり、その成長していくさまを、ぼくははたぶん端から見ていたら噴飯もののフニャフニャ笑いの顔で聞いていたことだろう。

妻は、繊細な赤ちゃんのために日本の製品を定期的に送っており、ぼくは小さな命が成長していく写真が彼らから送られてくるのを楽しみにしていた。その頃は、ぼくもまだ海外に一カ月ぐらい行く旅が多かったし、妻ももっぱらチベットへ集中して出掛けていた。

そして半年に一度ぐらいのわりあいでサンフランシスコに行った。そのたびにびっくりするほど成長している波太郎を見て単純に驚き、単純に喜んだ。ニューヨークからサンフランシスコに娘も飛んできて、家族全員が数年ぶりに顔を合わせる、ということもあった。

そして三年後にもう一人赤ちゃんが生まれた。女の子だった。その知らせをぼくは四国の吉野川(よしのがわ)の岸辺のテントのなかで聞いた。キャンプしながら川を下る旅をしていたのだ。

「そうか、女の子か。よかったなあ」

ぼくは携帯電話でアメリカの息子に言った。「波君(なみ)はどうしてる」

「病院のベッドのそばでピョンピョン跳ねて喜んでいるよ」

「大切に育てろよ」

「ああ、あたりまえだろ」

　息子は言った。

「そうだよなあ」

　テントの中の暗闇ではほかに気のきいたことを言えなかったのだ。

　二人目の孫は「小海(こうみ)」という名になった。不思議な名前だが一度きいたら忘れない名前になるだろう、とぼくは息子に言った。

　その二人目の孫の誕生はわりあい早くサンフランシスコに行って祝うことができた。母親に似て、小さな可愛い顔をした女の子だった。

「指が赤ちゃんとは思えないくらい一本一本まっすぐだわ」妻が言った。女性の目はいたるところをきちんと見ている。

　乳飲み子なので、誕生祝いは息子のアパートでやった。そのアパートには主にヒスパニック系の人々が住んでいたので、いつもどこかからスペイン語が聞こえてきた。メキシコ人の母ちゃんは威勢がいい。いつも誰かしらが自分の子供を叱っているようだった。

　三歳になった波君は、その頃には近所の幼稚園にかよっていたので英語とスペイン語と日本語の世界を行き来していた。いったいどういう人生を歩むことになるのだろうか。たどたどしい各国語を喋る幼児といろんな遊びをするのがたいへん楽しかった。彼は父親とベイブリッジとその近くの大きな波が激しく押し寄せてくる海浜公園に行くのが好きなのでぼくもよく連れていってもらった。

波太郎君が案内してくれる。

ベイブリッジと言えず「ベイブリブリッジ」となってしまうのが面白かった。

ぼくたち新米のじいちゃんばあちゃんが帰国するときは当然彼らが空港まで送ってくる。波君は祖父と祖母が日本というまだ見たことのない遠い国に帰っていくのだ、ということは理解していて、今度はブエナビスタ（彼の行っていた幼稚園）のクリスマスかハロウィンのときに来てちょうだい、とちゃんとした日本語で言った。ぼくは約束し、君もいつかじいちゃんたちの国にくるんだよ、とこれも彼に理解できるようなゆっくりした口調で言った。

ゲートのギリギリまで来てサヨウナラをするときが寂しかった。息子はいつにない心細げな顔つきになっていた。アメリカで十数年暮らしていてそのうちの後半は自分の家族を抱えてこれからどう生きていくのか、という不安まじりの先々が彼の頭のなかにいつも渦巻いているように見えた。

「いつか、そっちがみんなで日本においで」

別れ際にぼくは波太郎君に言った。

「うん、いくよ。じいじいの家にいくよ。じゃバイバイ」

波太郎は頭のうえで両手を振った。小海は母親の腕のなかにいた。まだ何もわからない別れだろう。

それからぼくたちはイミグレーションを通過して互いに見えなくなるまで手を振り合った。

待合室のラウンジに入ると、ぼくは思わずビールを飲んだ。いまは平和な時代の平和な別れである。また会える別れである。でも、これでしばらくあのチビたちと会えなくなると思うと、ぼくは早めに酔わずにはいられなかった。

ぼくの妻は一人っ子で、父親は戦時中に大陸で死んだ。友人を助けるために泥濘(でいねい)のなかに入っていって行方不明になり、それっきりだという。妻の母親は生後六カ月の娘を抱いて奥地にいく夫であり父親である若い男を送ったのだ。その日の我々の別れと違っていつ生きて再会できるかわからない別れだったのだ。そんなことをふいに思いだしながら、ぼくはいきなり無口になっていた。

便名がわからない

二〇〇八年に彼らは日本にやってきた。アメリカから引き揚げるのではなく、三人目の赤ちゃんを日本で産むためだった。日本で産んで、ある程度首がすわり長時間の飛行に耐えうるまでは最低二年は考える必要がある。息子はサンフランシスコで大学のツテによる写真関係の仕事をいくつかしていたがギャラも少なく先々も見えないことからそのままやっていくものでもないと思っていたらしく、家族全員がこの機会に日本を体験するのもよい、と考えていたようであった。

ぼくの家は夫婦二人で暮らすにはかなりゆとりがあったので彼らはしばらくそこに住んで落ちついて適当な住まいを探そう、という考えだった。さて、いきなり四人の元気のいいのがやってくる。じいじいの落ちつかないヨロコビの準備の日々がはじまった。

取り敢えずは空港に出迎えだ。そのときぼくのバカ息子はふだんあれだけ頻繁に電話をかけてきているというのに、帰国してくる航空会社も便名も知らせて来なかったのだ。気がついて電話したときには、彼らはもうむこうのアパートを引き払って連絡など取れない状態になっていた。当時は国際電話のできるケータイ電話も持っていなかった。調べてみるとその日の午後だけでもサンフランシスコから日本にやってくる飛行機は十二便ほどもあった。

ぼくの事務所のスタッフに頼んで、各航空会社の乗客名簿などの問い合わせをしてもらったが、なかなか見つからない。めあての飛行機がわからないと、どこでどう待っていいかわからない、ということにそのとき初めて気がついた。そこでいろいろ推理して、これだろう、という飛行機の到着ラウンジで待っていた。

うまく会えないと荷物が沢山あるだろうから困るだろう。しかし連絡してこない息子がアホなんだから勝手に苦労しろ、という思いもあるが、小さな子供らはバカな父ちゃんをもっただけで罪はない。こういうところがじいじとしては実にいまいましい初感覚だった。

予想は的中し、待っているとぼくのバカ息子をまんなかにファミリーが大きなカートを満載にして出てきた。一番先頭をピョンピョン飛び跳ねているのは小海だった。そこそこ大きく育っている。

波太郎はアポロキャップを反対にかぶってアメリカの絵本でよく見るようないたずら小僧そのものだ。

手をあげて彼らに迎えに来ていることを示した。初めて日本を見る小さな二人の子は疲れた様子もなく、顔中で笑っている。

ぼくはバカ息子にフライト騒ぎのことを言ったのだが、奴は絶対教えた筈だ、などといってすまんという顔もない。彼に本当に教えてもらっていたらそんな大事なことを忘れるわけはない。こんちくしょう、と思ったがこんなところで喧嘩していてもしょうがない。

こいつ、こんな調子でこの日本でやっていけるのだろうか、という心配と落胆のほうが大きかった。

が、とにかく子供たち優先で迎えのクルマに乗せる。荷物が多いだろうからとその頃買ったばかりのピックアップトラックで行ったのだが、荷物の大半は売り払ってきてしまったという。それがアメリカ流の庶民の引っ越しなのだろう。家に電話して全員無事迎えたことを妻に知らせる。彼女は大人用と子供用にもっとも日本食らしいものを作って待っている。

成田空港から自宅まで道路がすいていれば一時間半だが混んでいたら見当もつかない。二人の子供たちは薄暮から夜の闇になっていく初めてのトウキョウを眺めながらなにやらぼくには意味不明の言葉の歌をうたっている。

一時間ほどしてレインボーブリッジを渡った。

「おい、波に海、これは日本のベイブリッジなんだぞ」

　ぼくは言った。

「そうかなあ。サンコンカンのベイブリブリッジはもっと大きいよ。柱の高さが」

　波君はまださンフランシスコとはいえずサンコンカンになってしまう。

「でも海がきれいだろう」

「うん、船がいっぱいいるね。ベイブリブリッジより多いよ」

「そうだろう」

　これからしばらくこういうチビたちとの生活が待っていると、どういうことの何が変わるのだろう、ということをぼくは考えていた。でもまだ具体的にどう変わっていくのか見当がつかなかった。まるでつかなかった。

　しばらくすると彼らの住んでいた街に比べて道路の幅が信じられないくらい狭いところをくねくねいって、庭の空間まったくなしに住宅がぴったりくっついている庶民の町に入る。

　その一角に彼らがこれからしばらく住む家がある。歩道もない狭い道路、速度規制二十キロになっているのに四十から五十キロで猛然とクルマが突っ走っていく戦場のような東京の道路ぎわにぼくの家が建っている。

こういう、町も家も道もぜんたいがピタッとくっついている人間の生活する場所があるのだ、ということを彼らはどのくらいたつと理解するだろうか。

　そういう町に生きる危機意識をこれからどうやって認識させていったらいいだろうか。最低二年。彼らの半故郷である、この埃っぽい町にどうやって馴染ませることができるか、親はもちろん我々祖父母たちのやるべきことは途方もないような気がした。いくつものくねくね道をまがり、やがてわが家に到着。さあ、着いたぞう。

　小さな海、まさしく小海ちゃんがいつのまにか眠っていた。

屋根裏部屋で待っていた絵本

アメリカのカリフォルニア州は日本とほぼ同じぐらいの面積らしい。そこで育ったもうすぐ五歳の男の子ともうすぐ二歳の女の子が、日本というだいぶ自然環境も文化も違う世界をどのように感じ取り、どのように反応し、順応していけるか、ということに最初の興味を持った。

以前からぼくは「動物行動学」の日高敏隆(ひだかとしたか)氏の著書を愛読していた。氏の翻訳した『かくれた次元』(エドワード・T・ホール、佐藤信行共訳、みすず書房)は異環境で成長した生物(人間を含む)同士の接触、対応、順化、などがテーマのひとつになっている。その本で読んだいくつかの事例に彼らはそっくりかかわっていくはずだ。

似てはいるけれど、よく見ていくと衣食住のシステムがそれぞれ微妙に異なっているのがアメリカと日本の文化である。

住環境でいえば、新宿の西にあるわが家の周辺はクルマ二台が曲芸かマジックのようにしてやっとすれちがえる程度のせまい幅の道をはさんで二階～四階の建物が向かいあって続いている。

ぼくの家の前はゆるい長い坂道になっていて、左右の建物がわずかな隙間をつくってぴったりくっつき、どの家も門や玄関がその道のきわすれすれまで迫っているから全体に長い谷のようでもあり、道筋は渓谷の流れのようにうねっていく。しかし流れているのは渓流ではなく排気ガスをばらまいていくクルマなのがむなしい。しかもその坂道を下ってくる自転車は自動車並みのスピードで音もなく突っ走ってくるのだからたまったものではない。

異国からの小さな闖入者（ちんにゅうしゃ）にとっては、家の前がすぐ危険地帯だ。彼らの住んでいたサンフランシスコのアパート周辺の風景を思いだすと道路を隔てた向かい側の家並みまでずいぶん幅がある。そのぶん空が広くなり、風景が明るくなる。広い道路があってその道の左右に広い歩道があるからだ。

道路の左右にはクルマが歩道に斜めに鼻づらをつけるようにズラッと駐車している。ナナメにしたほうが沢山とまれるし、クルマの出し入れが楽だからだ。どれも車庫にいれるまでもない一時的な駐車である。一時的といっても午前中いっぱいとかひと晩、などというおおらかなレベルだ。

数年前から日本の道は二人組の駐車監視員が行き来するようになった。彼らはほんの数分でも駐車していると問答無用で駐車違反として摘発していく。油断も隙もナサケもないそんな世界とはずいぶん違う。

圧倒的な土地の規模の差か、あるいは狭いところに集まりたがる昆虫的日本人の本質的な民族性が関係しているのだろうか。

わが家は地下一階にガレージ。四階分の住居フロアがその上にあって屋根裏部屋から屋上に出ることができる。しばらくは四階を彼らが使うことになった。そうしてけたたましくもにぎやかな生活が始まった。

森林限界と生肉食い

ぼくは旅が多い。それも外国の辺境地と呼ばれるようなところにいくことが多い。そういうところに好んでいく理由をあるとき考えていたら自分なりに結論が出た。

たぶん「異文化」の発見に興味があるのだ。ある年、一年のあいだにカナダ、アメリカ、ロシアの北極圏に集中して行った。そこにはエスキモーと呼ばれるネイティブが住んでいるが、国が変わっても衣食住の生活文化は殆ど同じだった。どの国もアザラシを生のまま食べるのが好きで、それが伝統的に（未だに）彼らの主食だ。

この北極圏ばかり行っているときに「森林限界」を越えた自然というものをあらゆる角度から実感した。子供の頃の学習や、あとから読んだ自然科学の本でそのことの意味は（頭では）知っていた。高地や極寒地では木も草も生えない。そういう不毛のエリアだ。

北緯六十六度三十三分以北は北極圏となる。

夏も冬も北極圏に行ったが、本当に木も草もなくなる。夏は凍土の氷が溶けてツンドラが顔をだし、全体が薄緑色の風景になるがそれは苔の色である。苔にまじってせいぜい二、三センチの雑草が生えるくらいでそれは「不毛」という色だ。夏のあいだこの短い草や苔をひたすらたべて成長を急ぐのがカリブーなどの極北の陸上の動物たちである。彼らが「エスキモー」と呼ばれるそもそもとなった、海獣の生肉を食っていた理由が現地にいくと実感できる。

彼らには肉を焼いて食べたくても肉を焼くのにもっともてっとり早い「木材」がまるでなかったのだ。赤道より緯度をかなり上にする温帯エリアに暮らす「先進国」と呼ばれる森林文化豊かな国の人々が彼らを「エスキモー＝生肉を食う人」と呼んでいるのを

「差別語」と自戒するのはあまりにも偽善くさい。

いまロシアやアラスカで暮らす先住民に聞くと「我々はエスキモーだ」と言って胸を張っている。海獣の肉を生で食べられることにむしろ誇りをもっているのだ。生で肉を食い、生血を飲んできたことによって火の熱でビタミンが破壊されずビタミン不足による病気などにはならなかった。

――こういうことを実際に世界各地で見てくると「異文化」から受ける思考の展開に興奮を覚える。

たとえば外国人からみたら日本もまた相当に「異文化」のるつぼではないのかと。

モンスタートイレ

その最初がトイレだった。

二歳の小海はまだおしめをしていたから大丈夫だったが、五歳の波太郎君がわが家のトイレに入れなかった。

「じいじいの家のトイレにはモンスターがいる」

と言って怖がるのだ。

「モンスターなんかいないよ。じゃあじいじいと一緒にトイレをタンケンしよう」

　ぼくはそう言って彼の背丈にあわせて膝を折り、わが家のトイレにむかった。

　彼はドアをあけた段階でこわごわだ。

「ホラッ」

　と、波君は言った。

　日本のハイテクトイレはドアをあけただけで自動的にライトがついてしまう。しかも同時に自動ファンが回る。波君にはそのファンの音は何か怪しいものが唸（うな）っているように聞こえるのかもしれない。

「モンスターが赤い目で睨（にら）んでいる」

　彼は決定的に怖いものを指さした。

　便器の右側、背のあたりに小さな豆ランプがふたつあり、それは赤い色だ。波君の背丈からすると、生まれて初めて見る、あのハイテク温水シャワートイレは、それそのものがなんだか得体の知れない「トイレとは別ものの何か怪しい生き物」であったのだ。

　そのとき、ぼくは日本の「異文化性」のひとつを知ったように思った。しかも自宅で知ったのだ。

　日本ではごく普通に使われているあのハイテクトイレ、用がすんだら下から温水がふきあがってきておしりを洗ってくれるトイレは、世界のどこにもないきわめて日本的な特殊トイレなのだということに気がついた。欧米をはじめとした先進国にああいうトイレはほとんどない。

当然、途上国にもない。

あれは日本だけの新しい「和式トイレ」なのだ。異国の怪しい和式トイレ。

アメリカのトイレしか入っていない波太郎君には、なんだかわからないやたらいろんなことを勝手にやる生きているようなモンスタートイレだったのだ。

乱暴なシステム

日本があらゆる先端電子機器をどんどんハイテク化していくことで、経済を活性化している、という時代が長く続いている。システムがどんどん変わっていけば、どこかであたらしい需要がうまれ、それがどこかでいろんな利益を生みわけあっているからだろう。

家族が長くアメリカにいる（娘は二十年ほどニューヨークで暮らしている）ことでアメリカ人の生活をしばしば目のあたりにしているが、彼らの思考はあんがいコンサバティブで、いっぺんに何かのシステムを変える、ということをしない。とくに公共のものは変革に慎重だ。

電話にしても、電車のチケットにしても、あたらしい機械とシステムにいきなり一変させちまうという乱暴なことはしない。

だからトイレも相変わらずむかしと同じ方式で、水洗用の水タンクは背後にあってコックをひねって水を流すか、頭上にあってクサリを引っ張って水を流す、という基本が貫かれている。水洗トイレとはもともとそういうものであり、それで別段文句はないでしょ、という訳なのだろう。

日本がやっているようなハイテク化はトイレひとつとってもメーカーによっていろいろシステムがちがっていたりする。水の洗浄用スイッチがタンクとは離れた壁にあったり、手元にあったりしてさまざまだ。あれはハンディキャップのある人にはたいへん困るそうである。入るトイレによってスイッチの位置が違っていたりすると、たとえば目の不自由な人はたちまち戸惑う。温水噴射のスイッチもすぐにはわかりにくい。

「ハイテク好きのやりすぎ」という日本の「異文化性」がそこにある。

波太郎君は、毎日家の前の道路をゆっくり走ってくる小型トラックが「ご家庭内でご不用になりましたテレビ、洗濯機、冷蔵庫などなんでもおひきとりします」と言ってまわるスピーカーの大きな音に疑問を持った。

「なんの宣伝？」

ぼくに聞く。一日にいろんな声で何台もやってくるから、物売りと思ったのだろう。

彼がいままで住んでいたサンフランシスコのカストロ地区では、いま日本でまかりとおっているような、やすらかに午睡している赤ちゃんが起きてしまうほどのスピーカーの音量で物売りがくることはない。威勢のいい、いつも怒っているヒスパニック系おかあちゃんがいっぱい住んでいるアパートであったから、あんなところに来たら、たちまち「うるさいぞ攻撃」にあうだろう。パトカーなどもすぐ呼ばれる国情だ。

それよりも異常なのは、そんなに毎日テレビや電気冷蔵庫が不用になる、などという〝現実〟である。アメリカに住む多くの庶民は、なかなか高額の商品を捨てたりしない。壊れたら直す。知人関係から壊れたものを安くひきとり直して売る、という人などもいる。だから、日本のようなああいう「不用品回収」という商売はない。

それと、欧米の多くの国の人々は、空間も公共のもの、というふうに考えているから、個人の業者が町中の公共空間に「それを必要としない人までまきこむ騒音」を何回もくりかえしてがなりたてる迷惑を許さないだろう。

遊牧民は花が嫌い

こんなふうに、たった五年ほど日本と違う文化にいた子供らの反応から、ぼくは世界のいろんな国へ行ってその「異文化性」に感心したり驚いたりするのと同じようなことを、自分の国で感じていた。アメリカだけでなく他の国から見ても日本という国はそうとうにヘンテコで異様な「異文化性」をたくさんもっているのだろう。

日本にやってくる人の国の文化や価値観が特別だったりする例もある。話は少し前後するが、彼らがアメリカからやってくる一年ほど前、かつていろいろ世話になったモンゴル人がぼくの家に泊まっていったことがある。

彼は遊牧民の一族だったが、学業が優秀だったので優先奨学金をうけ、大学を卒業するとやがて政府関係の仕事をするようになり、ぼくがモンゴルで映画を撮影することになったときにいろいろ世話になった。

そして彼は、日本の一般家庭のなかをそのとき初めて見たのだった。ぼくの妻は花が好きなので各部屋に鉢植えの花や切り花を飾っている。彼はその飾っているいくつかの花を見て、なにか感じたようであった。そして率直な質問をした。

「なぜ、こういうふうに花を飾るのですか？」

質問の真意がわからずしばらく返答に困ったが、もうすこし質問の意味を聞いてしだいにわかってきた。

簡単に言うと、モンゴル人は花にまったく興味がないのだ。とくに遊牧民はむしろ花が嫌いであるらしい。理由はすぐにわかった。

遊牧民が大事にするのは家畜である。牛、馬、羊、山羊（やぎ）、ラクダ。それらの家畜を健康に成長させて、たくさん子供を産ませる。

モンゴルがソ連の政治勢力圏にあり、共産主義だった頃は、遊牧民は政府から一定数の家畜を貸与された。それを育て見事に健康な家畜の子供を得ると、その子供が遊牧民の私有財産になるのだ。だからぼくがモンゴルに最初に行ったときは家畜の可愛（かわい）がりかたに圧倒された。馬など病気になると、例えば自分の子供が風邪をひいて寝込んでいても子供そっちのけで病気の馬と添い寝するほどだった。遊牧の日常も当然家畜が優先になる。家畜をどういう場所に連れていったらより健康に成長するか。そういうことばかり考えている。

ところでモンゴルの草食動物は基本的に花は食べない。正確にはわからないが、草食動物は本能的に花も実も根も食べないようだ。花を咲かせる草の根にはしばしば毒がある、という。草原に生きる動物独特のカンで花を避けているのかもしれない。六、七月あたりになると日本の面積の四倍もあるモンゴルはいたるところお花畑のようになるのだが、それは遊牧民がいちばん苛々(いらいら)するときでもある。花を避けおいしい有益な草を求めて草原を移動する。そんな背景があるから、わが家にやってきたモンゴル人が、家の中の各部屋に花を飾っている日本の文化に素朴に驚いた、というわけなのであった。

いやはや思いがけない「異文化性」の相克は自宅にいてもいろいろ体験できるのだ。

ヘクソカズラ

ところで、波太郎君は、花が好きな子供だった。やはり花が好きな妻と近所を散歩し、公園などに行くと「この花はなんという名前?」とひっきりなしに妻に質問するらしい。彼女は喜び、いろいろ詳しく教えてあげる。子供特有の柔らかい頭脳は、そこで聞いた名前をたちまち覚えてしまう。

ぼくの家の屋上にも小さな花壇がある。やはり花好きの妻がその「鼠(ねずみ)の額(ひたい)花壇」に沢山の花を植えている。

波君は妻と水やりに屋上に行くたびにやはり花壇にある花の名前を聞く。そうして、別のときにぼくと屋上に行ったりするとぼくに覚えたばかりの花の名前を教えてくれるのだ。

端のほうに蔓性の「ヘクソカズラ」がある。波君は妻からその名前の意味を聞いて「きれいな花が咲くのにそんな名前をつけられてかわいそうだね」と言ったらしい。

波君が住んでいたサンフランシスコのカストロという街は、ヒスパニック系と黒人系のギャング抗争が続いているということを前章で書いた。そして日本に帰国する少し前に、彼は両親とレストランで、黒人ギャングに追われてきたヒスパニック系のまだ十五、六歳の少年が店のなかで撃ち殺されるのを見てしまった。波太郎君は、四歳で早くも人が殺されるのを見てしまったのだ。

当時は、毎日のように波太郎君と電話で話をしていた。サンフランシスコの自宅で夕食が済んでくつろいでいる時間が日本では明るい昼頃だった。

有線電話でかかってくるのでその必要はないな、とわかっていたが、ぼくはなんとなく電波がちゃんととぎれず繋がっているように、とヘクソカズラのある屋上に行って、電話のかかってくるのを待っていたのだった。

少年の死を見てしまったときもその話を屋上で聞いた。彼はまだ人の死をよく理解できていないようだった。でも「にいちゃん死んじゃった」という声は悲しげだった。

そのとき波太郎君は聞いた。

「じいじいも死ぬの?」

少し考え、ぼくは嘘をついた。

「じいじいは死なないんだよ」

このことは『大きな約束』(集英社)という本に一度書いた。

日本に帰ってきた彼ら家族の前には福島原発の不始末な展開などがその後おきて、決して安全な国ではなくなってしまったけれど「ウォー・タウン」からとりあえず一時期でも生還してきているのだから有り難いことだ、と考えた。

そうして波太郎君はモンゴル人と違って花の好きな少年になっている。

時間があるときはぼくの部屋に呼んで絵本を読みきかせることが多くなった。屋根裏部屋にはぼくの娘と息子(波太郎君の父親)が残していった絵本がいっぱいあった。そのなかからその日の気まぐれで何冊かひっぱり出して読んであげる。

あるときマーシャ・ブラウンの『三びきのやぎのがらがらどん』を見つけた。その本を広げると波太郎君は「あっこれ知っている。ブエナビスタ(幼稚園)でよく読んでもらったんだ」。

そこはアメリカ人とヒスパニック系の園児がいるから英語のものなのかスペイン語の

ものなのかはぼくにはわからない。

でも、今じいじいの手にあるのは君の故郷のひとつである日本語のがらがらどんなんだよ、ぼくは自分の頭のなかでそう言った。

この本は今ニューヨークに暮らしている娘にも、その弟（つまり波太郎君の父親）にも何度も読んで聞かせてやった。

小さな頃のぼくの娘や息子をあぐらをかいた膝の上に乗せて、三匹のヤギが丸木を組んだ橋の上を渡るとき、谷の下にいるぐりぐり目玉のトロルが三匹目の大ヤギに「だれだあ！」と大きな声で言う場面では、ぼくもそこで大きな声を張り上げる。そのたびに姉弟は「ギョッ」として身をすくませるのが面白かった。百回読んでも百回身をすくませる。

そのまったく同じものをぼくはいま孫に読んで聞かせることができるのだ。

これは、おそらく、いや、きっと「絶対」幸せなことに違いない。

ぼくはそう思った。同じ本を読めるぼくも、長い年月屋根裏部屋で再び読んでもらうのを待っていた『三びきのやぎのがらがらどん』もきっと嬉しいに違いない。

小さな命を眠らせながら

二〇〇九年に息子夫婦に三人目の子供が生まれた。男の子だった。大きな子で、母親のおなかはパンパンにふくれ、破水してタクシーで病院に行った。

先に生まれた二人はアメリカにいたときの出産だったので、病院の方針で陣痛のきざしがあるともう入院させていた。だから破水して緊急入院というような不安はなかったが、陣痛がきてもしばらくして遠のいてしまっていったん退院などというケースもあるから、いろいろと無駄な出費も多いシステムのように思えた。その点、東京都内では電話ひとつでタクシーがすぐ家に横づけしてくれる。電話しておいた病院もすぐにお産の準備にはいってくれる。

二人の子供は母親についていった。自分たちきょうだいの三人目が生まれる時間を共有させたい、という親たちの意志だった。ぼくは近所に引っ越した彼らの家の前からやや緊張した気分でタクシーを見送った。

一時間もしないうちに父親（ぼくの息子）から電話があった。生まれたのは男の子で、やはり大きかった。兄と姉は病院の廊下でぼくたちカエルだカエルだ、と言ってピョンピョン跳ねて喜んでいたという。

そういえば彼らの父親が生まれたとき、ぼくは三歳だか四歳の姉を病院に連れていった。無事出産し、自分の弟が生まれたと知って姉はやっぱり廊下でピョンピョン跳ねて喜んでいた。二代続いたピョンピョンだが、彼らが（孫たちもぼくの娘も）そのあたらしい命の誕生を本当に理解して喜んでいたのかどうか、ぼくはよくわからなかった。

二人目の子供が生まれたとき、ぼくは二十代の終り頃で、小さな会社の安サラリーマンをしていた。新しい命を授かったのは嬉しかったが、これで家族四人、ちゃんと世間並みにやっていけるのだろうか、という当面の自分の仕事や生活や経済などへの曖昧な不安があった。

ちょっと話はイレギュラーになるが、そういうことを書いている瞬間、まさしくいま、ずっとむかし弟が生まれて病院の廊下でピョンピョン跳ねていたぼくの娘から電話があった。彼女は大学を卒業するとニューヨークに渡り、当初は舞台俳優を目指していたが、紆余曲折あってニューヨークの法律事務所で司法通訳をしている。いろいろな事件を担当し、そのたびにチームが編成されて、いまは数人の若い女性チームのリーダーらしい。なんだかアメリカのリーガルサスペンス映画で見たような風景を想像してしまった。数年前にアメリカ国籍となり、彼女の人生の居場所は完全にニューヨークに決まったようだ。

彼女は仕事で日本に来ることもあるが忙しすぎてもう三年ほど自宅には帰っていない。ぼくもこのところ外国などに行っていてあまり自宅にいなかったので、娘と電話で話をするのも久しぶりだった。

彼女はまず父母の近況を聞いた。父母といっても「父」はつまりぼくであるから、ストレートに目下の状況について話ができる。母親とはインターネットで頻繁にやり取りしているから、母親のほうの状況はすでによく知っているようだった。

それから自分の弟ファミリーの近況を聞いてきた。

ぼくは彼女の三人の甥（おい）と姪（めい）がしっかり育っていることを具体的に話した。

「ついこのあいだ兄妹の通っている違うふたつの学校で同じ日に運動会があったんだ。父親は仕事で出られないから、とうちゃんが付き添いに駆り出されたよ」

「どっちの運動会に行ったの」

「波太郎のほう。保育園は休みなので流（りゅう）を連れていった。お弁当もって。じいじいもたいへんだよ」

流は三人目の孫だ。

「でも嬉しかったんでしょう」

娘はズバリと言った。

「ああ、いい天気だったし。典型的な日本の運動会日和だったなあ」

ぼくは話を少しごまかした。

娘は十二月に自分のところの弁護士を数人案内して日本にやってくるが、大阪で五日間だけなので東京の家に顔を出すのは無理かもしれない、と言った。日本担当の彼女が弁護士とやってくる、ということは日米間で何か大きな経済事件が起きているのだが、守秘義務があるから、ぼくはこれまでのどんな事件も一切知らない。

「東京を回って帰れるといいんだけれど、すこし努力してみる」

「いいよ。無理すんな」

「でも三人のチビたちにも会いたいしなあ」

「じゃあ少し努力しろよ」

我々の話はそのあたりで終わった。娘の声に元気があって安心した。妻に聞くと、ときおり彼女は仕事のことなどでひどく悩んでいたりするそうだ。そういう話を彼女はほくにはしない。

どうも話がついつい二重三重構造になってしまってわかりづらいかもしれない。なにしろ親子三代にわたっての、ジャンル不明の話を書いているものだから、方向舵(ほうこうだ)によって話があっちこっちに向いてしまう。

寝かせる仕事

そこで一番最初に語っていたぼくの三人目の孫の誕生からそのあとのことについてもう少し話を続け、そっちのほうをちゃんと片付けておこう。

三人目の子の名前をつけてくれないか、と息子に頼まれた。ぼくは少し考え「波太郎」と「小海」の次だから、それらとどこかでつながる名前にしてあげたい、と思った。波と海の次だ。大きな強い子になれと「台風」が最初に思い浮かんだが、まあこれは絶対彼らの親からは反対されるな、という確信があった。少し勢力を弱めて「低気圧」というのもあるがそんなこと当然口にはできない。双方の共通点をいくつかイメージしていくにつれて「流れる」という言葉が頭に浮かんだ。「流浪」ではまずい。単純に両者をつなぐ「海流」――「流」ではどうか。

提案は受理され夫婦間で可決し、三匹の孫の名が揃った。

その段階では、彼らはいずれアメリカに戻る予定だった。まだいろいろ周辺の様子を見ないとわからないが流が無事成長し、アメリカまでの長い飛行時間に耐えられるぐらいまでになったら決断しよう、という方針になっていた。三人目が生まれる少し前に彼らファミリーはすぐ近くのマンションに越した。

流はどんどん成長していった。

アメリカで生まれた上の二人のときは、ぼくたち祖父母が年に二回ほどサンフランシスコに行って成長の様子を見る程度だったが、今度はぼくの家のすぐ近くに住んでいるから、毎日でも見にいくことができる。

これは面白かった。ひさしぶりに「人間」の日増しに変わる成長ぶりを見ることができるのだ。もともとぼくは小さな子供が好きだったから、この観察は何よりも気持ちの高揚と生活の励みになった。

いわゆる「孫の力」だ。

それと同時に上の二人もどんどん成長していく。ドタバタと騒々しいが、それもまた見ているだけでなにかと面白く、やはりこれらは「孫の力」だ。孫にこんなに存在感があるとは思わなかった。ぼくは仲間うちで酒を飲んだときなど「孫というものは面白いぞ」と臆面もなく言うようになっていた。

一歳の誕生日をすぎると、ぼくは流を寝かせるのが趣味になった。日曜日などに彼ら一家がわが家で一緒に食事をするためにやってくるとそれができる。

ぼくの家は四階建てなので階段もいっぱいあるから上の兄妹はあっちにいったりこっちにいったりで大騒ぎになる。けれど一歳の赤ちゃんはそうもできない。そこでぼくは頃あいを見て流をだっこし、自分の部屋へいき、カーテンを全部しめて、寝かせにかかる。自分の子をどんなふうに寝かせていたかあまり記憶がなかった。どうしてだろう、とよく考えたら、あまり寝かせたコトそのものがなかったのだ。子育ての頃、ぼくは雑誌の編集長をやっていて武蔵野(むさしの)から会社のある銀座(ぎんざ)まで、当時は一時間半もかけて通い、毎日帰宅も遅かった。会社に泊まり込むことも多かったからまったく鉄砲玉亭主だった。子育ては主に妻とその母（子らから見れば祖母、ぼくから見れば義母）がやってくれていたのだ。

そうか、ぼくは家のことは全部まかせきりで、もしかするといま初めて小さな子を一人で寝かせようとしているのかもしれない。

ぼくは思いがけず衝撃的なことに気がついた。妻に聞けばぼくのその放蕩(ほうとう)ぶりが確認できるかもしれないが、あれからだいぶ時を経たといっても何がヤブヘビとなるかわからずちょっとその勇気がない。

「あなたはあのすさまじい子育てのさいちゅう、殆ど家に帰らず、たまの日曜日というと昼ごろまで寝ていたんですよ。おばあちゃんがいたからなんとかやってこられたけれど、おばあちゃんの協力がなかったら、わたしは常に三時間ぐらいしか寝られず、きっと子育てノイローゼになって子供を絞め殺していたかもしれない。いや、子供に罪はないから、寝ているあなたの頭をビール瓶でガシャンと！……ああ思いだすと悔しい、今こそ恨みを晴らすときがきたんだわ」

などといきなり遠いむかしのことを加速度的に思いだし、ビールなどを頭からぶっかけられるかもしれない。

そういう危機に、今の段階で気がついてよかった。同じような事柄でいまさら聞いてはいけないコトがいろいろあるような気がした。古い夫婦のあいだには突ついてはいけない藪が地雷原みたいにいっぱいあるようだ。

マーフィーの法則

小さい子を寝かすには抱いてゆっくり全身を揺すってあげれば、それだけでけっこう効果がある。身体がほんわり熱くなり両手が熱くなって、やがて全身の力が抜けていくのがわかる。

そうなればもう八〇パーセントはこっちのものだ。しめしめというときにさっきから階下でけたたましい声をだしていた兄妹がいきなり階段をドタドタあがってきて、部屋のドアを開けたりすることがある。両手をバンザイさせ全身をフルワせるようにしてわが腕のなかの小さな子が四〇パーセントぐらい起きてしまったのがわかる。

それ以上覚醒させては台無しだからぼくは黙ってバカ兄妹を「すんごい」怖い顔で睨む。「お前たち地下室に行ってあそびなさい」小さく低い声で、しかし力をこめて言う。地下室に追いやればなんとかなるだろう。さすがに状況を察知して、二人はすごすご部屋を出ていく。

しかしまたもう一度途中からやり直しだ。

そのときふいにタイヘンなことに気がつく。こういう状況のときにさして重要でない電話が必ずけたたましく鳴ったりするものなのだ。

世の中には「マーフィーの法則」というものがあって、日頃一人で仕事をしていると、まず電話が鳴る。ほぼ同時に玄関のインターフォンが鳴る。とりあえず電話に出て相手もたしかめず「すいません少し待ってください」と言ってインターフォンに出ると、三カ月に一度ぐらいやってくるよく知らない宗教の勧誘者だったりする。ぼくは余裕のあるときは「私の家はぼくがゾロアスター教、妻がヒンドゥー教、父が（いないけど）イスラム教で常に家庭内宗教戦争状態なのです。あなたはさらにこれ以上無益な戦闘をひろげさせる気ですか」などということにしている。

ああいう宗教の勧誘者というのはココロが澄んでいるのか根が素直なのか、そんなフザケタ説明を信用してしまう人がいるのに驚いたことがある。それが面白いからさらにまた力をこめて言うのだ。

けれど仕事に気が乗っているときに「マーフィーの法則」がやってくるとそんなことを言っている余裕はない。なにしろ気がせいている。電話に戻ると買い物に行っている妻だったりする。その途中に携帯電話が鳴る。そっちに返事をしようとしているとまたインターフォンで今度は宅配便だ。こういうコトがほぼ同時におきる。そんな危機を未然に防がなければ。

すぐに電話の子機を隣の部屋のソファのクッションの下にほうりこみ、携帯電話の電源を切る。インターフォンはこの部屋だけ「使用停止」にする。

しかもそれらの行動をできるだけゆっくりと、寝入ろうとしている赤ちゃんをあまり激しく動かさないようにして、でも気持ちは迅速に行う。

この防衛策によってマーフィーはどこかに引っ込み、静寂は確保されて、幼い子の小さな寝息が聞こえてくるようになる。やった！

注意深くぼくのベッドの真ん中にゆっくり下ろす。頭を支えていた腕を外すときが最後の重要ポイントだ。

「成功」

あとは体の上に薄いタオルケットを重ね折りにしたのをのせて一丁あがり。寝入っている子供の顔はとにかく可愛(かわい)いものだ。「じじバカ」といわれようとにかく可愛い。世の中のあらゆるものを超越して可愛い。

さっき、自分が子育て中の父親だった頃のことをふいに思いだしてしまったことで、とうに亡くなった祖母のことを思いだす。ぼくにとっては義母だ。彼女も、あの時代、ぼくの二人の子供をこのような気持ちで寝かせてくれていたのだろうか。そうであるのに間違いないけれど、オロカなぼくはその当時は考えもしなかった。

ふいに、亡くなったその義母よりも、いつのまにかぼくのほうがずっと歳上(としうえ)になってしまっていることに気がつく。

義母は優れた人で、夫を戦争でなくし、まだ六カ月だった一人っ子の娘（ぼくの妻だ）を連れてハルビンから命からがら引き揚げてきた。その苦労話をよく聞いたものだ。ほんのちょっとしたタイミングで義母とわが妻は「残留母子」となってしまうところであった。

当時としてはまだめずらしく女子師範学校を出ていた義母は、戦後帰国し、左翼運動に傾倒していく。大切な夫を戦争でとられた悔しさ悲しさの中、彼女はそういう運動を帰国後の生きる原動力にしていったようだ。生活のためにいろいろな仕事をしていたが、あるチャンスを摑んで小学校の臨時教師の職も得た。しかし転勤、転職の連続で、ぼくの妻は小学校だけで七カ所転校を繰り返している。

そういういくつもの修羅場体験を経て、やがて彼女は、日本には両親が共に働いている家庭の子供を、とくにゼロ歳児から預かる保育園があまりにも少なく、今でいう待機児童だらけであることが行政の不見識、無理解によるものであることに怒りを抱き、無認可のゼロ歳児から預かれる保育園の開園運動にたちあがっていった。

そして結果的に義母は十年がかりで七十人規模のそういう保育園をふたつ開園することに成功したのだった。

賢い思考と強烈な行動力をもつ義母は、その当時のぼくの仕事に没入して家庭をかえりみない生活や行動について「科学的に考えながらやることですよ」ということをときおり言っていた。

オロカなぼくにはその意味がよくわからなかった。日曜日の夕食後などにそういう話になりそうになるとぼくはスバヤクその場を逃げた。困った夫であり困った父親だ、と義母はそういうぼくを見てつくづく思ったことだろう。

義母は脳梗塞(のうこうそく)で倒れ、しばらく入院していたが病院で息をひきとった。六十七歳だった。ぼくの実母もそれから八年ほどして絵を描いているあいだに倒れ、そのまま死んでしまった。夫(ぼくの父親)はぼくが小学六年のときに死んでいたから、結果的に我々夫婦は「両親の介護」ということを殆ど経験しなかった。その意味で我々夫婦の双方の親はよく「子供孝行」してくれた、ということになるようだ。

これからを見ていたい

二〇一三年に『ぼくがいま、死について思うこと』(新潮社)という本を出したら最近のぼくの本としては珍しく妙に沢山売れてしまった。その反応は雑誌やラジオなどのメディアの関連テーマについての取材の連続となって現れた。ジャーナリズムの人は、ぼくが死についてまるで一瞬でも考えていない人生を送ってきたような前提で質問をしていた。

正直にいうと、その本を書くまではそうだった。そしてその本を書いた動機のひとつは「孫」にあったように思う。

一歳の赤ちゃんを自分の手で寝かせているとき、ぼんやり考えていたのだ。

「この子がたとえば十歳になったとき、ぼくはまだ元気に生きているだろうか？」

そういう、ふいの、真剣な思いだった。

さっき部屋にあばれこんできてぼくに叱られた一番上の孫の波太郎は十五、六歳になっている筈だ。彼はとても本が好きな子でぼくの家にくると書庫にいき、仕事柄沢山並んでいる本棚の本を眺め、自分で読めそうな本をひっぱりだしてはパラパラやっていた。知識欲がとても旺盛なので話をしていて大人のぼくも楽しい。どんな少年になっているのだろうか。

その下の妹の小海は十二、三歳の非常にデリケートな年齢になっている筈だ。果たして彼らの父親である、ぼくの息子がそういう三きょうだいをうまく制御できるだろうか。

ぼくはそういう連中の日常を、端から静かにゆったり見ていることができるだろうか。そういうコトはいままで片鱗、というレベルでちらりと考えたこともあったが、あまり本気で考えたことはなかった。

けれど自分の死について本気で考えるその本を書いたことによって、ぼくのなかの何かが少し変わった。

流が二歳になったとき、東日本大震災がおきた。状況は急速に変転し、彼ら一家はアメリカに帰る予定が早まった。夫婦ともに十七年間いたサンフランシスコにはまだ沢山の友人がいたし、もともと流が二歳ぐらいになったらアメリカに戻る、という方針があったのだ。

けれど、日本生まれの流にはまだパスポートがない。震災は原発を破壊し、予断のできない状況になっていた。

そこでぼくは「沖縄」を提案した。

沖縄からでもアメリカにいける。そして流のパスポートも那覇でとればいい。パスポートは申請してから十日ほど申請地にいなければいけないので、そのあいだ沖縄に滞在していたらいい。

父親は仕事があって同行できなかったが、母親とわたしたち祖父母が同行できる。

そうして我々は沖縄にむかった。

パスポートの申請には流本人と母親とぼくが行った。

写真の係の女性が、いかにも沖縄的な優しい語り口で流を少し高い台に載せた背の深い椅子に座らせ、やっぱり優しい口調で写真を撮った。

それを見ていた流の母親は、

「日本はいいですねえ。アメリカだとこのくらいの子供は床に寝かせて上からカメラでのしかかるようにして撮るんです。うっかりしてあの重いカメラが子供の顔の上におっこちはしないか、とハラハラして見ていました。やはり日本は気づかいが優しいですね」

と、つくづく感心したように言い、それがぼくには印象的だった。これからどうなるかわからない日本にいるよりも彼らにとってはまだ住み慣れているサンフランシスコに戻ったほうがいいだろう、とぼくは思っていたのだが、アメリカはアメリカでまたいろいろ問題のある世界だった。でもこれは仕方がない。波太郎も小海もこれから突然また別の世界で生きていくことになるのだろう。果たしてどちらがいいのかぼくにはわからなかった。じいじとしてはどちらにしても、孫たちが元気で生きていければ今はそれでいい。空港のテレビは原発事故の不穏なニュースを流し続けていた。

海賊船作戦

　そして話はこのあたりから時間のワームホールを通り抜けるように、いま現在（二〇一三年）が舞台になっていく。

　ぼくがなぜこのような「じじバカ」丸出しの話を書くようになったか。そのモチベーションの最大のものが、このところの〝現在〟の毎日にあるからだ。

　ぼくの前にいきなり現れた三匹のコブタ（孫）たちは東日本大震災にともなう悲惨な事故によって、アメリカに戻るか、これから何がおきるかわからない日本に居残るかの岐路にたち、彼らの親たちはかなり悩んだ末に「祖国」日本で生きることを選んだ。ある程度落ちついて生活できる場所（住居）と三匹たちの幼稚園や小学校への入園入学手続き。ちゃんとした生活の基盤（親たちの職業）などが決まっていくのに一年以上かかった。三匹たちはうまい具合にさしたる違和感もなしに日本の生活の中に溶け込み、それぞれくったくなくあたらしい空の下で育っていった。

そして今、長男、波太郎は十歳、小学校四年生で近くの公立小学校に通っている。長女の小海は七歳、この子は自己主張がはっきりしていて、小学校は女子だけのところがいい、と言っていた。それには電車で通学する私立の学校しかない。

その話を聞いたとき、ぼくは「じいじい」として真っ先に反対した。まだ自分のまわりの小さな世界しかわかっていないような豆つぶみたいな女の子が、自分の背中より大きいようなランドセルをしょって毎朝満員の電車に乗って通うなんて、ぼく自身が、モノカキになって三十数年経つが、Ｓｕｉｃａがでるまで満足に電車の乗り換えもできなかったものだから、そんな無謀なことを……と絶句する思いでその話を聞いていたからだ。

私立の学校では小学校でも入学試験がある。「私立にいかせるか否か」などということを論議する前に、その試験に合格しなければそもそも話にならない。

「どうもあの子は男の子が嫌いらしいんです。これは今だけの感情とは思うけれど、それを強引に、そうは簡単にいかないのよ、といって説き伏せるよりは、本人が試験を受けたいと言っているので、まずはそうさせたいと思うんです。不合格だったら、それはそれで本人も納得してヘンにねじまがらないで与えられた状況に従うでしょう。ですからとりあえず本人の念願するように試験だけは受けさせようと思うのです」

彼らの母親はぼくにそう説明した。

納得のいく意見だった。

そして小海はナント合格してしまった。

さあ、たいへんだ。

小学四年の波太郎は自分で勝手に学校にいける。しかし小海はまずその足で十分はかかる私鉄の駅まで行って、電車に乗り山手線に乗り換える。乗り換えた電車にまた十分乗って学校にいくことになる。

ぼくの通勤体験は三十年以上もむかしのことだが中央線はぎゅうぎゅう満員の時代で、時間によっては電車に乗り込むことだけでもひと汗かき、その日のエネルギーの三分の一ぐらいつかってしまう感覚の時代だった。時間とルートで、今度の場合はそんなにすさまじい混雑にはならないようだが、小さな小学一年生の女の子がそんな試練に耐えられるのだろうか。

それから、近頃はいろんな人がいるから、不特定多数の人々が乗る電車というのにぼくは基本的に怖さを感じていた。

ついに通学が決まった頃の一時期、ぼくがしばらく小海のあとにくっついて送っていこうか、と両親に言いだしたほどである。さいわいぼくは長い旅行にでかけないかぎり毎日のほとんどは家にいる。

しかしこの案は即座に却下された。

両親と、それに小海当人からだ。

小海はチビのくせに「電車の乗り方なんかすぐわかる。そんなに遠くないし一人でいけるもん」などと本気で言うし、小海の両親は「それこそじいじいの過保護だ」とヒトの気持ちも知らずにこっちに文句をつける。まったく!

それぞれのシフト

結果的にいうと、案ずるよりもナントカ……という「うまくできた」コトワザどおり、自宅のある町から電車に乗って私立学校にいく女の子たちが数人いて、駅の近くで待ち合わせしてみんなで行く、というシステムができていたのだった。そのチームの中には高学年の子もいたから、これは非常にこころ強い。最初の頃は、待ち合わせしている駅まで母親が小海を送っていって、その通学グループに合流させればいい、ということになった。待ち合わせ時間に遅れた場合は母親が学校まで送っていく。

じいじいもひと安心である。

次なる課題は一番下の男の子、流を幼稚園に連れていく時間と、母親が小海を集団通学の待ち合わせ場所に連れていく時間がほぼ同じ、ということであった。

そこでいよいよ「じじばば」の登場である。一番下の流はおとなしく読書好きの長男とちがって性格の基本が無鉄砲で、二歳であばれすぎて早くも腕の骨折をしている。海に連れていくと波のおしよせてくる方向にむかってずんずん歩いていってしまう。そのありさまを見て「この子は勇気があるのか危機に対する想像力がないのか?」ぼくは妻(ばあば)に真剣に聞いたものだ。

「二歳ぐらいで危機意識があるわけないでしょ」ばあばは笑った。

まあそうだろうなあ。そういうときには具体的に「波はこわいんだよ。さらわれたら死んでしまうんだよ」とわかりやすく教えてやっていく必要を感じた。

だから、この子を幼稚園に送っていくときは、兄、姉の二人とは違った注意が必要だった。たとえば手をつないで歩いていても、道の端になにか注意をひく植物なり虫なりが見つかると、簡単に手をふりほどいて道の反対側に突っ走っていってしまうのだ。

兄や姉のときはぼくが指を一本だしてそれを握らせればいいだけだったのだが流はぎっちり手を握っていなければならない。そうしてまあ、いろんなことを話しながら幼稚園にむかって歩いていく。

　男の子というのは「どうして？」と思うくらいユンボやトラクターなど工事用のクルマが大好きだ。とくにこの次男はその傾向がつよく、工事用の自動車が走ってくると動かなくなる。ゴミの収集車も彼の魅惑の対象で「ゴミチュウチュウチャ」と言ってやはり一部始終を見届けないと動かない。

　幼稚園に届けると「じゃあね、バイバイ」と言ってさっさと二階の自分の教室への階段を走っていく。

　こんなふうにして、その年の春は綿密かつ、いきあたりばったりのシフトができていったのだった。

日本の貧弱な道路行政

　日本の道路行政とそれに密接にからむ自動車業界の「社会姿勢」というようなものにずっと以前から疑問や不安があった。

　ぼくとその三匹の孫ファミリーが住んでいるところは窓から都庁の見える新宿の西である。一応住宅地ということになっているが、古い木造住宅が密集していて、狭い道路が複雑に入り組んでいる。二台はすれちがえる幅にはなっているのだが左右の電柱が道路の側に大きくはみ出しているので、クルマを運転するときに対向車がないときはみんななるべく道の真ん中を走っている。そうでないと、どっちを走るにしても左右からでっぱっている電柱にぶつかりそうだった。こまかく右、左にハンドルを切っていかねばならないのでスキーのスラロームのような気分になる。だから自転車やヒトがいるところの通過にはキモを冷やすことが多かった。

たぶん新宿の後背地であるこのあたりはそのむかし田んぼがひろがっていて今ある道はもともとはむかしの畦道(あぜみち)だったのだろう、と思う。

二十キロ制限の狭い道をみんなおかまいなしに六十キロぐらいで走っている。細い横道がいたるところにあり、そこから自転車に乗ったヒトがいきなり出てくる。無敵のおばさんたちだ。おばさんの多くは路地から出るとき、いったんとまって左右を確かめることをしない。まったく意味なく堂々と自信をもっていきなり飛び出してくる。

クルマは優先道路を走っているのだが、運転をしないおばさんたちは優先道路のシルシや意味など知らないから、おばさんたちから見る世の中は、自分の自転車だけが走っているようなものなのだ。

優先道路を走っているクルマのほうが路地があるとスピードを緩めて自転車の飛び出

しがないか確かめているくらいだ。少なくともぼくはそうしている。

若いヒトの自転車も路地からいきなり出てくる。イヤホンで音楽を聞きながらスマホなんかも使いながら曲芸みたいに走っているからだ。

人身事故がこういう裏の細い道でよくおきる、という理由は明白だ。クルマもヒトも自転車もたがいに「舐めて」かかっているからである。

ぼくは、住宅地の狭い道路はすべて「一方通行」にすべきだと思っている。そうすると一方通行の方向によってはそのあたりに住んでいる住人が文句を言ってくるのだろうが、自動車にはエンジンがついていて二、三百メートルぐらいのまわり道はあっという間なのだからクルマの不便について文句をいうヒトの声はわがままと考えていいように思う。

一方通行にすると通行人や自転車のヒトのストレスは相当に軽減するだろうと思う。自動車の運転者もそうだろう。

さっき優先道路のシルシもその意味も知らないおばさんの話をしたが、日本の道路行政の不備なところは、そういう「道路と交通のトリキメ」をクルマを運転するヒトにだけ教えて、道を歩くヒトには殆ど何も教えていないことだ。交通ルールは自動車を運転するヒトも歩いていくヒトも同じくらい理解していないと意味がない。

小さな子と手をつないで歩いていると、クルマを運転している人々の横暴が嫌でも気になる。異常なクルマ優先社会である日本は先進国などとは言えないように思う。

ヨーロッパのある国では都市部でクルマと自転車とヒトの通行路がどこまでも強固なガードレールで区分されていて、誰でもストレスなく移動できるような配慮がなされていた。そこまでいかない都市でも道路と歩道の幅が日本のそれとは桁違いに広いからクルマの路上駐車もあまり気にならない。いまの日本の一分間でも道路にとめておくとミドリ色の制服を着た人が違反ステッカーをつけていく、という一分すら油断のならないシステムはあまりにも異常だ。

ニューギニアで、動物や虫が死ぬと何の気配で嗅ぎつけられるのか「死虫」が一分としないうちにたかってくるのを見たことがあるが、あのいたたまれない風景がダブってくる。それというのも日本の道路行政の思想があまりにも貧弱で、とにかく弱いものから順に取り締まるようになっているからだろう。でもその一番弱い立場にいるのが、大きな声をあげて抗議できない「道をいく小さな子供たち」なのだ。そこの層への人間的対応がおざなりだ。

海賊来襲

週末の午後になると、ぼくはちょっと落ちつかなくなる。三匹のうちの誰かが電話をかけてくることが多いからだ。たいてい一番上の波太郎がかけてくる。彼は小学校二年生ぐらいまでは「じいじい、遊べる？」と電話で言っていた。仕事のあるなしにかかわらず、こっちはそんな電話をこころ待ちにしているところがあるから「いいよ」と答える。「じゃあ、いつそっちに来てもいい？」なんて聞くことが多かった。まだ「行く」と「来る」の区別がつかない頃だったのだ。

そういうときは笑いをこらえて「行く」と「来る」の違いを話してあげる。

「コトバのつかいかたがヘンだよ。そっちに来てもいい、じゃなくて、行ってもいい、だろ。まあ今日はいつ来てもいいよ」

「あっ、それじゃいま行くね。じゃね。バイバイ」

やっぱりヘンな会話になる。これからすぐ来るんだから、電話を切るときに「バイバイ」はいらないのだけれどまあそれも愛嬌(あいきょう)だ。

この「じゃね。バイバイ」は四年生になった今も続いている。

今日は三人でやってくるという。

いつも波太郎が鍵をもっていて、自分の家の鍵をかけ、ぼくの家の門をあけ、三人元気のいい声で突入してくる。途中、少しの距離だが子供たち三人で、その狭くてあらっぽい道をやってくるから、小さい子供は道の内側を歩かせるんだよ、とそのたびに言うのだが、それはもう親からもいやというほど言われているらしく、波太郎は「ハイハイハイ」と面倒くさそうに言う。だんだんナマイキになってきている。

「ハイという返事は一回言えばいいんだよ」

「わかってる。じゃね。バイバイ」

あと数分で顔をみせるというのにやっぱりいちいちバイバイなのだ。

やがて門と玄関のあく音がして三人なのに五、六人がやってきたのか、と思うくらいのやかましい声が聞こえ、たいてい流が「ワーッ」と大きな声で叫びながら階段をドタドタ走るようにしてあがってくる。

ぼくの書斎は三階なので、たいていそこまで一気だ。部屋に入ってきた流はこの頃ひとときも離さない海賊の拳銃でいきなりぼくを撃つ。「バァーン！」というとびきりでかい声とともにだ。

なんというか飛び込み暗殺者みたいだ。その海賊の拳銃は半月ほど前に母親に念願のディズニーランドに連れていってもらって手にいれた目下のところ彼の一番のタカラモノだ。

引き金をひくと銃口が小さな赤いランプで光るようになっている。

理由もなくいきなり殺されたくないので、こっちも机の上にあるモノサシとかハサミなど持ってそれをピストルにして応戦する。彼はディズニーランドで海賊船と海賊キッドにココロを奪われてしまったらしく、とにかく兄姉ともぼくともタタカイの連続なのだ。

波太郎はそんな弟のために海賊船の絵本を学校の図書室から借りてきて船の仕組みなどを教えてあげている。教えてもらっているのに流はそういう親切な兄にむかっていきなり「バァーン！」などと拳銃を発射しているひどい弟なのだ。

小海は一階にある「ばあば」の部屋に直行し、最近届いた東北からの「動物のぬいぐるみ」をいっぱい部屋に広げている。

ばあば（妻）は東日本大震災からしばらくして月に二回、五日ほどのボランティア活動に通っているが、最近は「動物のぬいぐるみ教室」をひらいて仮設住宅のおばあさんたちといろんな動物のぬいぐるみを作っている。暇をもてあまして何か目的のあることをしたい、と言っていた被災者のおばあさんたちにその「ぬいぐるみ教室」は人気で、妻が三カ月に一回ほどの頻度で東京で開いている「福島の声を聞こう！」というトークイベントで参加者に百円程度で売ってけっこうそれも人気がある。売れたお金はあたらしいぬいぐるみの布や目にする大きなボタンや小さな飾りものの材料代としてまた仮設住宅のおばあさんたちに持っていっている。

送られてきたいろんな顔や形をした動物をあれこれ見るのが小海の楽しみのひとつになっているのだった。いろんな動物を見て「かーわいーい」と叫んでいる。シロウトのおばあさんが作っているタヌキやサルなどの人形はひとつとして似たものはない。同じきょうだいでも、片一方は「バァーン！」だし、男の子と女の子はこのくらいの年齢からかくもはっきり違ってくるのだなあ、ということを毎週のようにぼくは感心しながら眺めている。

週末のくわだて

次の週末は、ぼくのほうから彼らに電話した。「みんなで海賊船を作ろう」そういう提案をしたのだ。男の兄弟はよろこび、小海は「ママとぬいぐるみ人形を作って、午後からは自転車の練習をするんだ」と言って来なかった。

　その日、妻は午前中から外出していた。男たち二人はいったいどんなふうに海賊船を作るのか興味津々らしく、お昼前からやはりいつものように「ワーッ」と叫んで階段を駆け登ってきた。

　ぼくは男兄弟といつか木を使って何か作りたい、と考えていた。そのために高級カステラやソーメンやブランデーなどがいれてある比較的柔らかい木の箱をだいぶ前から集めておいたのだ。そして妻に頼んで新宿の東急ハンズで、子供でも使える軽いトンカチや小ぶりのノコギリ、小さなクギなどを用意しておいた。

　やってきた二人にぼくはそれらの材料を見せ「これを使って三人で別々の海賊船を作るんだ。どんなのでもいい。できあがったらタタカイだから秘密に作るほうがいいんだけど、作る場所は屋上だからどうしても見えてしまうな。でもこまかいところは秘密にできるぞ」

「ヒミツって？」

　流が聞いた。

「ナイショのことだよ。敵にわからないためにさ」

　波太郎が言った。

「ようし、じいじい軍なんかにまけないぞ。だってあっくんは本物の海賊船に乗ったんだから」

流はいつの頃からか自分のことを「あっくん」と呼ぶようになっていた。だからその頃はぼくももっぱら彼を「あっくん」と呼んでいた。「あっくん」となった由来や理由は知らない。

「でも、ノコギリで木を切ったりクギでつないだりするんだから、実際に木で作る前に設計図を描かなければいけないんだよ。あっくん、設計図ってわかるよな」

「うん、わかる。絵のことでしょ」

「作りたい海賊船を絵で最初に描くんだよ」

波太郎がもう少しわかりやすく説明する。そうして、さっそく我々は「秘密」の設計図を描きはじめた。流は居間のはしっこのほうに行って寝ころんで色エンピツを使って描いている。波太郎は台所のテーブルの上だ。

ぼくはもうじき十二時になるのに気がついたので「じいじいの設計図はもうできているからな」と嘘(うそ)をつき、彼らの昼食を作ることにした。

ぼくが作れるもので彼らが絶対喜んで食べるものはラーメンとうどんとチャーハンだ。

冷蔵庫をあけるとぼくと妻のあいだで「ごはん玉」と呼んでいるものが目についた。

わが家でごはんを食べるのはぼくだけだった。が、夜は外出しての食事が多いし、家で食べるときもビールとその肴ですませてしまうからごはんを常に残してしまう。それをラップして冷蔵庫に入れてある。たいてい炊いたときよりずっと固くなっているから、そういうのをこまかく指でほぐしてチャーハンにするとうまくいく。

ぼくは料理のプロの友人に教えてもらった簡単にできてとてもうまいタマゴチャーハンを作ることにした。

まず熱くした大きなフライパンにタマゴを三個割ってスクランブルエッグにする。そこにボロボロにほぐしたごはんをさっと入れる。スクランブルエッグ状態になったタマゴがからんでごはんが焦げつかないのでこの方式はとても楽なのだ。全体が熱くなったところで長ネギを細かく切ったのをかなり大量に入れる。それからシオ、コショウして最後はサッと醤油をかけ、一分かきまわしてできあがり。

いい匂いに兄弟二人は「ワー」などと叫ぶ。それから三人でキッチンテーブルを囲んでできたてチャーハンを食べる。

「じいじいはチャーハンを作るのがうまいね」波太郎がいう。

「うんおいしいからね」

「おいしいからね」という不思議なあいづちは当然あっくんである。いい午後になりそうだな、とぼくは二人の会話を聞きながら思う。冬の窓の外はよく晴れているし。

アメリカのねぇねぇがきた

十二月のクリスマス前にいきなりぼくの娘が一日だけ泊まりにきた。彼女はニューヨークに住んでもうじき二十年になる。

法律事務所に勤め、司法通訳をしているため、ときどき日本と関係した事件が起きると帰国するが、たいてい三日か四日でサッと嵐のように帰っていく。

今回は大阪に五日間だったが、もう三年も東京の自宅に帰っていないので弁護士チームを先に帰国させ、彼女だけ東京へ一瞬帰郷。成田経由でニューヨークに戻る、というスケジュールをとったらしい。

彼女は弟夫婦の子供たち、ここで語っているぼくの三匹の孫たち、彼女からいったら甥(おい)や姪(めい)のために大きなお土産(みやげ)を持ってきた。クリスマスプレゼントでもあるのでいろいろ悩んで考えてアメリカで買ってきたのだという。

世界のあらゆるところに興味のある波太郎にはSebastião Salgado（セバスチャン・サルガド）の写真集『GENESIS』だった。

世界中で知られているダイナミックな写真を撮る写真家の本で大判、一冊で四キログらいの重さがある。

パタゴニア、北極圏、ニューギニア、アマゾニア、パンタナール。撮影の場はぼくも行っているところが多いが、どうしたらあの地でこのようなもの凄い写真が撮れるのだろうか、としばし考え込んでしまうようなすばらしい写真表現、そして技術だ。

これはぼくも欲しい本だった。まったくすばらしい。こういうダイナミックでやるせない気持ちになる写真を見ていると、自分が続けているある写真雑誌の長い連載がいかにちっぽけなものかと思えてしまい、波太郎に渡す前に切歯扼腕、じっくり見てしまった。アメリカでは邦貨にして七千円ぐらいだったというが、日本で買うと三万円ぐらいしそうだ。

長女の小海へのプレゼントはこの頃すっかりおしゃれに目覚めている彼女がいかにも喜びそうな幾種類もの髪飾りだった。

写真集よりは軽いけれど、一番大きな紙箱に入っていた次男、流へのプレゼントはなんと木製の組み立て式海賊船であった。

妻にも確認したが、流がいま全身で海賊の世界に没入している、ということは娘にはぜんぜん話していなかったので、これは偶然の大当たりなのだった。

こういうのは一番目立つから、それぞれ自分の貰ったプレゼントをそっちのけにして波太郎も小海もまずその海賊船の補足的な組み立て完成仕事にとびついた。三十分ぐらい三人であれやこれや格闘し、やがてその組み立てキットは完成した。

流はやっと一人で持ち上げられそうなその大きな木製海賊船を両手に抱えて満面の笑みだ。

その夜は久しぶりに、今のぼくのファミリー全員が顔を合わせての賑やかな食事になった。無理して遠回りして東京経由でアメリカに帰るルートを作った娘のために妻は「どんなものが食べたい?」と事前に聞いていた。

「お母さんの作るお煮しめが食べたいなあ」

娘はそう言ったらしい。そこで、その夜はお煮しめが入った大きな深鉢を真ん中にムツの粕漬けとかキリボシ大根の煮物とか白菜漬けとか麩を素材にした料理など、いわゆる純日本家庭料理がずらりとならび、三匹の孫たちにはどれも初めて見るものばかりのようであった。

家族で食べる風景

ぼくがずっと若い頃、主に東南アジアの貧しいといわれる国々を旅しているとき、しばしば野外で夕食を食べている家族の風景に出会った。すぐそばに粗末な木やレンガなどで作ったその家族の家らしいものが見える。でもその造りは日本でいえば物置ぐらいのものだ。彼らは自分の家の前の道だか空き地だかわからないようなところに植物で編んだゴザのようなものを敷いて家族でごはんを食べているのだった。

ぼくが歩いていく道のすぐ横なのでその風景は丸見えだった。彼らが外で食べているのはたぶん家の中は食べるには狭く、暗いからだろうと理解した。その国はまだ電気が通じていない地域がいっぱいあった。

照明にはカーバイドを使ったアセチレンガスランプなどがあったが、それを使うと燃料費がかかる。それになによりものすごい音がする。さらに季節によっては外で燃やすと虫がうんざりするほど集まってくる。だからまだ少々時間が早くても夕方の残照のなか、広い空の下で食事するほうがいいようなのだ。

その旅のだいぶあとで知った言葉だが「洗面器ごはん」という呼称がある。

やはり貧しい生活をしている人が多い国でよく見る風景なのだが、思えばそのときもたしかに洗面器ぐらいの形と大きさの食器を真ん中にして家族のみんなが円座を組んでごはんを食べていたのだ。

つまり食器は大きなうつわがひとつで、みんな手で食べている。その地方の多くの食事はそのように洗面器ぐらいの容器にごはんを入れて、そこにたいてい魚を煮たものを煮汁とともにそっくりかけて食べている例が多かった。若い頃に見たそういう食事風景はそのままアジアの「貧しい風景」に見えた。

「手食(てしょく)」だった。

でもそれから十年ほどしてやはりそういう貧しい「手食ごはん」を食べている国々を歩き、同じような風景を見たとき、ぼくはむかしとははっきり考えかたが変わっている自分に気づいた。

歳(とし)をとって見るそれは「とてもいい風景」に思えたのだ。

食べているものは変わらず質素だけれど、家族みんなしてひとつの食器の中のものを同じように食べている。そこでは今夜のごはんの味についての会話が必ず出ているだろうし、「もっとそこを食べろ」とか「お前はひとりで食いすぎる」などといった親と子の会話がいっぱい交わされていただろう。

こういう「手食」というのが「素晴らしい」ということに気がつくまで、ぼくは旅しながら十年もの年月が必要だったことを恥じた。

その逆の世界に自分がずっといたからだ。

たとえば、日本人が発明したインスタントラーメンは世界の飢餓を救った、と言われるけれど、ぼくはそういうこととは別に日本人の食べ方について考えた。

欧米はもちろん、南米や、アジアの文化圏では、みんなその国なりの食器と食べ方があった。一カ所だけはっきり違うのはカナダ、アラスカ、ロシアの北極圏を旅したときだった。それらの国の人々の主食はアザラシだったが、どこもアザラシを手で解体し、生肉を手で食べていた。ぼくも真似(まね)して食ったが、この食物は個人のナイフ以外食器はいらない。今のエスキモーの食事の風景はダンボールを部屋の真ん中にひろげ、その上に死んだアザラシの一部（といっても大家族だと半分ぐらいはある）をどさんと載せる。家族は自分のナイフを持って、アザラシのまわりに集まり各自好きなところを食べるのだ。ときどき小さい子が「ママット、ママット」（おいしい）などと言っている声が聞こえてかわいらしい。

彼らの食べ方は肉片の一部を口にくわえ、小さな円弧を描いたナイフを口もとにもっていきそれで目にもとまらぬ速さで肉をスパッと切る。くちびるを切らないかと見ていて怖いくらいである。

カナダの北極圏のポンドインレットに行ったとき、思わぬ光景に出会った。ああいう利益追求に貪欲な先進国は人口が五百人もいればスーパーを進出させる。そこに住んでいる人々がそれまで一度も見たことがないようなカラフルでおいしいものが並んだ夢のお城のようなものがいきなりあらわれる。

彼らは乏しい生活費をそこに投じて、夢の食品を買い、いままでと違う食生活の世界を知る。その結果おとずれたのは急激な超肥満問題だった。じわじわ慣らされていくより、いっぺんにやってくる糖分などの影響のほうが凄まじい。いままで海獣の肉や血を生で食べてきたので熱で壊されなかったビタミンで十分であったシンプルな健康はいちどきに壊された。

手でものを食べるのと、食器を使って食べるということの差をわかりやすく書こう。

たとえばカップ麺などには長さ十センチぐらいのプラスチックのフォークがついていることが多い。あれはそのカップ麺を一人の人間が食うたった四、五分の時間のためだけの食器である。食べ終われば捨てられてしまう。そのプラスチックの食器は簡単には土にかえらないものだ。いわば地球のしぶといゴミだ。一人が使っただけのゴミだ。日本全国の数にしたらどのくらいの不燃ゴミになるのだろうか。

そういうことを思うようになったとき、ぼくは手食の素晴らしさに気がついたのだった。

「地球に優しい」

と、我々はよく、この耳ざわりのいい言葉を使うが、実際の行動の中でそれはどのくらい意識され、実践されているのだろうか。

洗面器ごはんを食べている人は「地球に優しい」なんて気のきいたことは言わないけれど、結果的には彼らの習慣である「手食」ほど地球に優しい食器はない。手食の人々はかなり多い。インド、スリランカ、パキスタンなどはほぼ全域、東南アジア、中央アジア、中東、アフリカなど少なくみても十億人はいるのではないだろうか。

ひと時の家族の時間

ニューヨークからやってきた娘とたった一晩の、ファミリー全体の夕食の卓を囲みながら考えていたのは、やはりあちこちの国を旅しているあいだに気がついた「家族の時間」というものであった。

家族全員が顔を合わせて食事をする時間なんてあとで考えると本当にうたかたのものだったのだな、ということをぼくはだいぶ前に気づいていた。

ぼく個人の場合でいえば、世田谷の結構大きな家で生まれ、大家族のなかにいた。異母兄弟もいれて六人きょうだい、居候の叔父さんと、母かたの親族一人、それに父が当時は元気にしていたから、朝でも夜でも食事は賑やかだった筈だ。しかしぼくはその頃のことは殆ど覚えていない。

五歳のときに千葉に越し、家族は少し入れ代わって八人。でもぼくが小学校六年生のときに父は死んだので、親子揃って食事をしていたのを覚えているのが小学校三年生ぐらいからだったから、通算してわずか三、四年、ということになる。そのあとは父が不在の夕食だった。

どんどん兄や姉が家を出ていき、やがてぼくも出ていった。そしてぼくは結婚し、自分の家族を作った。子供たちが生まれた。長女と長男である。

長女はその日三年ぶりに実家に二日ほど滞在したその娘であり、息子は五年前に二人の子供をつれてサンフランシスコから帰ってきた。五年のあいだに一人（流）が増えて、合計八人がいまのぼくの家族だけれど、果たしていつまでこうしてみんな顔を揃えての夕食の時間がもてるのだろうか。タツマキのようにやかましい三匹のコブタどもの騒ぎ声を聞きながらぼくは赤ワインにやや酔いつつそういうことを考える。

娘は翌朝六時半に来たときと同じぐらいドタドタしながら家を出ていった。新宿まで十分の距離だからぼくは妻と一緒にクルマで送っていった。駅前で「元気でいろよ」の挨拶をする。もう二十年もアメリカにいるから習慣になっていて娘は母親と抱き合っての別れだ。ぼくは照れくさいので運転席から手を振った。

アメリカのねぇねぇ（孫たちはそう呼ぶ）が嵐のようにやってきて嵐のように去ってしまうと、間もなくして幼稚園も小学校も冬休みになり、今度は暇をもてあました三匹が小さなタツマキを三つ合体させてぼくの家を毎日午後に襲うようになった。

ぼくは年末の二十八日から仲間たち二十人ほどで、あまり目的も必然性もないオヤジ合宿があって福島までいく。その合宿は毎年十二月二十五日ぐらいをすぎるとモノカキは暇になるので、ぼくが提唱し、十五年ほど前からまわりの友人らを集めて行っているものだった。だからその合宿まではわりあい暇でいる。

一人で本を読んでいるのに飽き、ひるめしを食ったあとぐらいに三匹のコブタがやってくるのを密（ひそ）かに待っているのが本当のところだった。

この時期に、例の海賊船を作ろうと思っていたのだが、アメリカのねぇねぇが流にプレゼントしてくれた海賊船キットがあまりにもキッパリとうまくできているので、これから設計をしようと思っていた我々はいささか混乱した。完璧な完成品を前にしてとても勝ち目はない、という感じだったのだ。

その頃まではまだ具体的にどのくらいの大きさのどんな形をしたものにするかみんなあまりわかっていなかった。せいぜい波太郎が持ってきた絵本のなかの海賊船を見本にするくらいだったのだ。でも、我々の目の前には作りたかった立派な海賊船がある。その海賊船の所有者は流であるから、流よりはるかに歳上の波太郎とぼくがそれに負けないくらいのものを作ればいいのだが、なんだか作る前にすでに敗北感というものがあった。面白いものだ。

「それじゃあこの海賊船にまけない城砦（じょうさい）を作ればいい」

波太郎が大発見のようにして言った。

波太郎は数年前から日本や外国の城に興味があって、暇さえあればパソコンのグーグルマップを使って世界の城を調べている。その中には有名な城でもイクサで焼かれてすでに城址（じょうし）しかないものが多い。それは世界で共通していた。

モノゴトの興味というのは面白いもので、そうなるとどうしてその城は滅びてしまったのだろうか、という疑問や謎に波太郎はつきあたる。その関係の本を捜す。滅ぼされてしまった民族も沢山ある。滅ぼしたほう、滅ぼされたほう、その双方の民族の衝突の歴史を調べる。そういうことにも現代の子は追究が早い。パソコンを使うと簡単にわかるからだろう。

彼の興味とその探究心、探究方法を見ていると、つくづく新時代を生きていくあたらしい人間たちなんだなあ、ということを感じる。

屋根裏に集めてあるいろいろな木箱を使うには曲線が難しい船よりも城のほうがよさそうだった。しかもその城は日本のものより古い時代の西洋の城のほうが作りやすい。さらに海賊船との関係もいい。

おかしな思考だが、波太郎と相談した結果、そういうことになった。波太郎はそういうものから派生してか、いまは『旧約聖書』に興味があって父親に頼み何冊かの本を買ってきてもらい、時間があると読んでいる。

ニューヨークの猫

アメリカのねぇねぇから電話があった。帰国して二日目だったろうか。

のっけからタダゴトでない声だった。

何かおきたのだ。

そのひとことが引き金になってかすぐに娘は嗚咽まじりの声になった。

しばらく落ちつかせる時間をとって何があったのか聞いた。

「どうした？」

十七年間一緒に暮らしていた彼女の飼い猫が死んだ、という知らせだった。その猫は賢く、彼女とは殆ど会話が通じているようだった。それは何度かニューヨークの彼女のアパートに行って理解したことだし、その猫は一度日本のぼくの家にやってきて一カ月ほど居候していたことがある。アメリカのネコは英語でないと何も通じない、という、いままで考えたこともなかったことを知ったのもそのときだった。しかし考えてみれば当然なのだが。

先日、娘に聞いたら猫としてはもうそうとうの高齢で不安定な状態になっている、ということだった。もし死んでしまったりすると十七年間の相棒だからその悲しみは人間の肉親と変わらないのだろうなあ、と密かに心配していたのだが、その心配がこんなに早くきたか、という感じだった。なまじっかな慰めは通じないとわかっていたが、しばらく牧師のようなことを言わねばならなかった。

「じいじい」として孫たちにはいい遊び相手になってやればいいが、娘や息子に対してはそんなことでは対応できないことがある。いくらおとなになっているといっても家族から遠く離れた地で何年も暮らしていて、その一人暮らしの相棒だった生物が突然去ってしまったとき、肉親からの励ましは、具体的には何の役にも立たないだろうが、それが彼女の精神のどこか本質的なところに「いいかたち」でなにか作用することはあるだろう、という気持ちでぼくはしばらく娘に話を続けていたのだった。

親と子、そして家族というのはむかしからこういうことを繰り返してその歴史を作ってきたのだろうな、ということを考えながらその夜は愛読書である動物行動学者の日高敏隆氏の本を読んで寝た。

「人間と動物の本質的な違い」について日高さんの本はこう書いていた。

「人間は自分が、あるいは知っているすべての人間がいつか必ず死ぬ、ということを知っているが、動物は自分がいつか死ぬ、ということを知らない」

――そうか。案外気がつかなかった。

たしかに豚がなんで自分はこういう檻(おり)にいれられて毎日いろんなものを食べ続けているのだろうか、という理由を考え、そういう餌を潤沢に与えてくれる生物（人間）の最終的な目的を知ったら、そんなに喜んで餌を食う気持ちは失せるだろう。

あるいは葉きりアリが行列を作って毎日せっせと大きな葉をくわえて働いていてもその恩恵は何であるかわからずにやがて死んでしまうだけの日々なのだ、と知ったらくわえている葉っぱを口から落としその長い行列からはずれていくことになるのかもしれない。

けれど人間以外の動物も自分の死を知っているのですよ、とぼくの家にときおりやってくるコエン・エルカさんは言う。

彼女は中央アジアの血をひく両親のもとニューヨークに生まれ、モンタナ州の自然の中で育ち、ニューヨークの大学に学んだ。やがてシャイアン族と親交を結び、彼らと暮らすようになる。

食事をしながらいろいろな話を聞いたが、その時代、彼女は狼の群れとも親交を深めていた。フィールドワークでエルカさんが怪我をすると狼たちは自分たちの知っている薬草などを集めてきてエルカさんを看病してくれたという。

「女のほうが野生は受け入れてくれやすいんです。男はジャングルの中に探検隊などといって銃を持ってバリバリ乱暴に入り込んでいくからほとんど戦争をしかけにいくようなものです。当然ジャングルの生物たちは全面警戒し、ときに身の危険を感じたら侵入者を襲う、という態勢にもなります。でも女性はしなやかにするりするりと静かにジャングルの中に入っていく。動物たちは自分らと同じように臆病で用心深い生物がやってきたと認識するのでしょう」

エルカさんが狼と親しくなっていったそもそもはそういうことだったという。

長い狼とのつきあいでエルカさんは彼らも自分らがいつか死ぬ、ということを知っている、と実感したようだ。

「群れをつくり掟（おきて）をつくっている野生動物の多くはそれぞれが自分の死を知っている筈です」

エルカさんは男をまったく評価しない。男はただ自分のために遊ぶことだけ考えて生きている生物です。それは人間も動物も一緒です。ピシャリと言い切る。

この話もたいへん面白く「年末無意味オヤジ合宿」などやっている身としては耳が痛い話ばかりだった。

ニンゲンはなぜたたかうのか

世の中見回すと、自分と同じくらいの歳の人にはかなりの高率で孫が存在しているようだが、あまり臆面もなく世間にその話を披露しない。

孫がいるというと、とたんに「じじい」になったり「ばばあ」になったりするので、イメージ管理のためにそういう話をしない、というある女流作家のハナシを聞いたけれど、その人は見た感じまだまだしっとりと若く綺麗で、それでいながら孫とのあたたかい交流があるなんて実に魅力的ではないか、と思ったわけだが、まあそうだった。ヒトのことはどうでもいいのでありました。

土曜日の午後から、わが家には波太郎と流が泊まり込みに来ていてまことに騒々しい。真ん中の小海が突然高熱をだし、その急な容態変化にこれはもしかするとインフルエンザかもしれない、ということになり二日分の着替えや「お泊まりグッズ」を持って、兄、弟が泊まり込みに来ているのである。その日は土曜日で学校も幼稚園も休み。外は氷雨まじりの寒い日で、家の中で一日中、彼らは暴れまわっているのである。

もう何度も遊びに来ているので、こちらが何も言わなくても、自分たちで勝手に自分のやるべき遊びをやっている。

このところ最初にやるのはぼくのところに山となっている「ウラ紙」を使って絵を描いたり工作物をこしらえたりすることだ。

いろんなカキモノのゲラの裏側などはきれいなままだから、それを自由に使わせている。

いろんな使い方をしているうちに、紙を何枚もつなげて大きなものにし、それを床いっぱいにひろげて「大きな絵」を描く、ということに最近は定着している。

地図を描いているようだ。波太郎が、その日によって全体のアウトラインを描く。たとえば半島とか山とか川などだ。そこにそれぞれ位置を変えて自分の村だの町だのを描いていく。かなりこまかく描いているので、たがいに口で説明している。

「ここは川のそばの町なんだよ。いい流れの川なんだよ、人類は川のそばから文明を作ったんだからな」

わけもわからず山のてっぺんのほうに町を描いている流は「山の上だってブンメイはできるもん。どうしてかというと見晴らしがいいから敵がどこから来てもやっつけられるからだもん」

海賊遊び以来、流は常に戦闘的である。

「だけど、この国は同じ民族が住んでいるんだからこっちから攻めていったりしないよ」

波太郎は、性格的に平和主義である。

「だけど海賊が来て襲ってきたら山の上のほうが勝てるもん」

流の考えにも一理あるな、とぼくはワープロの手を休めて机の横にひろがっている彼らの国を眺める。

小学校四年生と幼稚園児の会話がけっこうなりたっている、というところがおかしい。だいたいこの長男と次男は「いい関係」で、めったにけんかをしているところを見たことがない。これは波太郎のほうがエライのだ。

流のときとして出るワガママをたいてい波太郎は吸収してしまう。ぼくの妻（ばあば）もそれを指摘している。

ここに元気なときの小海が加わってくると、まあ約五分間で流か小海のカナキリ声が発生している。理由は単純で、小海がルールを無視していきなり山の真ん中にでっかい森の妖精や空飛ぶワニなどを描いてしまうからだ。

「そんなところにワニなんかいるわけないじゃん」

流が抗議する。自分の山の上の町づくりに、いきなりデカワニなどが現れたら困るからだ。かくてこの地図の上の人々はたちまち理不尽な戦闘状態になっていくのである。地球の平和を乱すモノはいつも傍若無人にあとから入り込んでくる者と決まっているようだ。

クラーケンが攻めてくる

小海が熱をだしているその日、川ぞいの町も山の上の町もずっと平和だった。仕事をしているこっちはたいへん助かる。

とはいえ、流はついこのあいだまで海賊に心を奪われ、自分はもう半分ぐらいは海賊のつもりでいるから、山の上の平和な自分の町に大砲などを描き出し、それを自慢している。

「山に登ってきたテキは全部これでやっつけてやるからな」

そういう戦闘的なことをほざいている。

「流はどうしてこの町でタタカイもしていないのに大砲なんかいるの？」

波太郎が聞く。

「だって、クラーケンがいつ攻めてくるかわからないもん」

「クラーケンというのは海賊を襲う海の魔物――のはずだ。

「クラーケンがなんで山の上に登れるの？」

流はこういう理づめに弱い。

性格というのは面白いもので、この一番下の子はヨチヨチ歩きの頃から無鉄砲だった。救急車が好きな頃は机の上から落ちて腕を折り救急車で病院にはこばれ、喜んでいた。鉛筆に興味がでた頃は鏡を見て自分の白眼(しろめ)に鉛筆を刺してやはり病院送りになった。

「なんでそんなことをしたの？」

あとでぼくが流に聞くと、カガミに映っていた眼の白いところが紙みたいだったから鉛筆でどんなふうに書けるか試してみた、などとんでもないことを言っていた。これには彼の母親も悲鳴をあげて驚いていた。

「まったくこの子は！」

もの凄(すご)いイキオイで走ってきて段差のあるところでつまずきぼくのベッドの端に頭を

直撃し、直径四センチはある、そのまま食べられそうな見事なタンコブを作ったこともある。あんなに大きなタンコブを見たのはわが人生でも初めてのことだった。流は両眼がややつりあがっていてチビのくせに顔つきからすでに戦闘的だった。

そういう無鉄砲な末っ子に対して波太郎はあくまでも思索的なおとなしい子だった。アメリカで生まれ育ったので、小さい頃にいろんな民族を生活のなかで見ていたからなのか、子供むけに書かれた『旧約聖書』などを読んだあと『トルストイ全集』などを読み、世界の城砦(じょうさい)図鑑をつぶさに眺め、文明がかずかずの戦争を繰り返してきたことを疑問に思っているらしい。聖書もトルストイも一行も読んでいないじいじいとしては会話に気をつけないといけないプレッシャーがある。

三代続く「みんなの鍋」

その日の夜は「ワンタン鍋」であった。

これはむかし武蔵野に住んでいた頃、子供たちを積極的に参加させる料理はなにかないかな、と考えて思いついたものだった。

子供たちとは波太郎の父親と、その姉（前章に出てきた通称アメリカのねぇねぇ）のことである。

鍋というと「熱いから」とか「あぶないから」などといった理由でたいてい子供たちは出来上がったものを分け入れてもらうだけである。

そこでテーブルの上の鍋の野菜などの具がひととおり煮えてきたら、各自、自分でワンタンを作り、それを鍋に投入して自分が入れたものは自分が責任をもって食べる、という方法を実用化した。

みんなワンタンを自分で作るのが面白いらしく、それはわが家の夕食の市民権を得て、冬の頃にときどきやっていた。

しかし、いまは妻と二人の夕食になってしまい、二人で向かいあってワンタン製作―投入―責任をもってそれを食う、ということもなんだかむなしい。

したがってこういう孫たちがやってきたときに展開すべき「みんなの鍋」という存在になっていた。

聞いてみると波太郎の家でもそれはよくやっているという。むかしの食卓の記憶は彼らにちゃんと受け継がれていたのだ。

さっそく二人は面白がってワンタン作りに励んだ。ついつい作りすぎてしまって食うのが追いつかない、というのも予想したとおりであった。

そのあいだに気になって小海のところに電話し、様子を聞いた。さいわいインフルエンザではなかったようで、いまはだいぶ熱もさがっているという。

こっちでは「ワンタン鍋」でみんなすごい食欲だぞ、などと言わずともいいことは言わなかった。

「二人は元気よく食べているよ」

彼らの母親にそれだけ伝えた。

どこだか聞き忘れたが、彼らの父親は仕事でどこか外国に行っている筈だった。この頃そういうことが頻繁なので残っているものはしっかりとは覚えていられない。妻に聞くとかつてはぼくがそんな日々をおくっていたらしい。ぼくの場合はでかけると最低一カ月は帰らないからもっと忘れられやすかったのだろう。

その日の昼間、ぼくは神田に行って「植村直己冒険賞」の選考委員の仕事をしていた。今年で十八年目。その第一回の候補者の一人になんとぼくの妻がノミネートされていた。チベットの六千メートルクラスの山ルートを馬で半年のあいだ巡礼する旅をしていたのだ。

自分の妻が候補者になっているのではたいへんやりにくく、第一回目の選考会をぼくは欠席した。妻の旅は当時のことだから三カ月ぐらいは電話連絡もとれず「行方不明」

という状態だった。あとでその旅の本を読むと三回死に損なっている。帰国して旅のあらましをぼくに話しているときには一切そういうデキゴトを言わなかった。ぼくが心配して、以降チベット奥地の旅をやめさせるようになったら困る、という考えが働いていたのかもしれない。

あれから十七年もたったのか。

選考用にわたされたこれまでの歴史の表をみながらぼくは一種の感慨を持った。

今は「ばあば」だが、彼女のとんでもない猪突猛進(ちょとつもうしん)の血もテーブルの上で熱心にワンタンを作っている二人の子供たちに伝わっているのだろう。世界のいろんな辺境とよばれる地を二十年ほどいったりきたりしてそれなりに無計画、無策で生きてきたぼくの血も彼らに伝わっているはずだ。

自分の製作能力と自分の食欲に責任をもたねばならないワンタン鍋も三代にわたって伝わっている。

空とぶワニ

二人が寝るときにはぼくのベッドを使う。

壁がわに寄せてある右端に流を。これは寝ているあいだに彼を墜落させないためだ。その隣に波太郎。

ぼくは普通の布団を運んできてベッドの下にぴったりつける。これは寝相の悪い波太郎の墜落時のクッションを兼ねている。

ぼくはできるだけベッドから離れたところに寝る。波太郎は背が高く、幼稚園から小学校まで常にクラスで一番後ろだ。太ってはいないが背があるので四年生で三十九キロある。それはその日初めてきいたことだった。四十キロ近いのがドサッと落ちてきた状態はあまり考えたくない。

寝るときはみんな同時に布団に入ることにしている。自然にいろんな話をする。主に波太郎が質問してくるのだ。

彼は相変わらず世界史にかかわる興味があり、長い歴史のなかでなぜ大きな国が世界中で滅びてしまうのか、ということがその夜の話の中心になった。

昼間、兄弟二人で作った架空の半島の川のそばと山の上の町がもしかすると滅びてしまうかもしれない、ということが心配なのだ。

「じいじい、世界にはどうしてタタカイがあるのかな。海でも陸でも、歴史の本を読むと世界中で戦争を繰り返しているよね」

簡単なようで難しい質問だった。

ぼくは話を少しソラす意味でも人間のもっともっと昔の話をすることにした。

「波太郎は、どんなふうにいまのような人間ができてきたか知っているよな」

「うん、知ってる。人間のおおもとは猿なんでしょ」

「そういうふうに言われているよね。人間の祖先は猿で、場所はアフリカと言われている」

「それも読んだことがあるな」

「アフリカは人間が生まれる前の大昔にはもっと沢山の森があったんだ。いたるところにジャングルが続いていた」

「みんな木の上に住んでいたのは本で読んだよ。アフリカにたくさんいる猛獣を恐れて木の上で暮らしていたんでしょ」

「そうだね。猿は沢山の種類がいたから、異なる同士の間でタタカイがおきた。人間の祖先は人間になる前からタタカイばかりしてたんだよ」

波太郎はそこで少し笑った。

「きっとそうだね。ナワバリあらそいだ」

「だけどそればかりじゃない。自分と所詮は同じ仲間と小さなタタカイばかりしていると、突然現れた全然別の大きな恐ろしい動物にみんなやられてしまうこともあったんだ」

「小海ちゃんの空飛ぶワニみたいなのかな?」

「えーっ。あんなの本当はいないじゃん」

突然流が言った。寝てしまったのかと思ったらちゃんと聞いていたのだ。

「まあ、アフリカには空を飛ぶワニはいなかったみたいだね。でも猿たちがかなわない、という意味ではそれより怖い動物がいろいろ攻めてきた。木にらくらく登れるヒョウなんかは猿にとっては怖かったはずだ。象も恐ろしいテキだ」

「そういうときは猿はどうしたのかな」

「いろんな説がある。種類をこえてみんなで団結してタタカッタとか、いやその頃の猿にはそんな知恵や勇気はない、みんなちりぢりに逃げてしまった、という説もある。なにしろ人間が出現する前だから誰も見ていないしねえ」

波太郎はまた少し笑ったようだった。

「人間がいたとしてもそれを伝えることができないんじゃない」

流がまた言った。やつも本気で聞いているのだ。

「そういう攻撃してくるものに対して猿はなかなか反撃できなかった。反撃ってわかるよな」

「うん」

「ぼくも知っているよ。ジャック・スパロウみたいにテキがきたら剣でタタカエばいいんだ」

　ぼくはそのへんがよくわからなかったが流のいうジャック・スパロウは海賊の英雄のような存在らしかった。

　二人ともまったく寝る様子ではなくなってきていた。しかたなくぼくは話を続けた。それは比較的最近、動物行動学の本で知ったことだった。

「あるとき、タタカウためなのか、逃げるためなのか、そのへんもはっきりはわからないのだけれど、ジャングルの木から下りる猿が何匹か出てきた。たぶんあたりに自分たちを襲うようなテキがいないときを見計らったんだろうけどね」

「でもあぶないね」

「うん。危険だ。でも動物だって人間だって、危険を冒すところから進化がはじまったりするもんなんだよ」

「ふーん、どんな？」

「地上に下りると、猿は自分の二本の手と二本の足、それに手足と同じぐらい器用に動かせる尻尾がある。それを使って地面を歩きだした。もちろん最初は四つん這いだよ。知っているかなあ。猿の手というのは木の枝なんかをうまく摑めるように自然に内側に丸くなっている。地上に下りても歩くときは手の甲を丸くしてその丸くなったほうを下にむけて歩く。これをナックル歩行というんだ」

「ナックル歩行？」

ぼくは空中に手をだしてその恰好を作ってみせた。

「でもこんなふうだから両方の手の甲を下にしているとたいへん走りにくい。だからそのうち猿は体を浮かせて二本の足と尻尾を補助にして走るようになった。そうすると何がおきてきたかというとナックルにしていた両手があいてきたんだ」

「ああそうか、地面を移動するのに必要なくなるんだ」

「そうして地上に下りた猿たちは大発見をするんだ」

「なにを？」

「ナックルにしなくていい手をほかのものに使えることに気がついた」

「ほかのものって？」

「たとえば石を摑んでそれを投げることなんかだ。テキに対して石を投げて威嚇することができる」

「イカクって？」

「驚かすことだね。石など投げられない動物にはそれは怖い武器になる」

「ああ、そうかあ」

「木から思い切って下りて、ナックル歩行を卒業してモノを投げたり棒を握ったりすることができるようになった猿が、一番最初の人間の祖先になったのではないかと言われている」

「すごい！　人類誕生だ」

「そうだ。歴史的瞬間だな」

ぼくと波太郎のボルテージはあがったが流のほうからは何も聞こえなかった。ずいぶん粘って我々の話についてきたが、ついに力つき、話のどこかで寝入ってしまったらしい。

ぼくはそのことを波太郎に伝え、もうすこし低い声で話すようにした。

「ナックルの手を器用に別のことに使えるようになった猿は人間の祖先になったけれど、祖先としてさらに成長していくためには棒や石を持った手で絶えずテキと戦えるようにしていった。だから人類というのは、そもそもの最初からタタカイ好き、戦争好きな動物だったんだよ」

ぼくはそろそろこのへんで寝よう、と言って枕元の電気を消した。波太郎は闇のなかでまだなにか考えているようだった。ぼくはほんの少し前にパラグアイの山のなかでオオアリクイと遭遇したことを思いだした。考えていた以上に大きな生物で体が一メートルぐらいあり、その後ろに長さざっと一メートルはある綺麗な尾をつけている。つまり約二メートルのでかさだ。ちょっと不思議な（魅力的な）恰好をして大慌てで逃げていった。

その走り方がナックル歩行によるものだったのだ。アリクイはコンクリート製かと思われるような高さ三、四メートルもある「蟻塚（ありづか）」を壊す。アリクイはハンマーか斧（おの）のように発達した前足のカギ爪をもってその塚を叩（たた）きやぶる。その爪を保護するために前足をナックル状にしないと歩いたり走ったりはできないのだ。

その話をしておこうかな、と思ったがぼくの隣の波太郎のここちよさそうな寝息が聞こえてきた。気がついたら冬の夜の長話になっていたのだった。

別れの一本桜

小さい子が三人もいると、季節の変わり目などに誰か一人が風邪をひいたら覚悟しなければならない。流行(はや)り風邪だと確実に誰かに風邪をうつされては誰かが治り、うつされた誰かが治ると誰かが寝込む、というふうに時期をずらした三人一セット攻撃になるからだ。

母親はたまったものではない。けれどそうして一人ずつに免疫がついていくのだから「はしか」とか「おたふくかぜ」とか「水ぼうそう」などはこの連鎖をありがたい、と思わねばならないのだろう。

四年生の波太郎はクラスで一番大きいので病院にいくにも小さい頃から自分の自転車に乗って母親のあとをついていくが、その下の幼い二人のうちのどちらかが流行りの目の病気なんかになると母親が自転車に乗せてかかりつけの医者にいく。ひとつの流行り病でもそれが一巡するまでなんだかんだいっていつも一カ月ぐらいはかかってしまうから子育てというのはとにかくホネがおれる。

そういう風景を見ていると、自分が親だったときどうしていたかな、ということを自然に思いだし、ああそうだ、あの頃はぼくはクルマの運転免許をまだ持っていなかったし、持っていたとしても経済的に自家用車など持てる状況にはなかった。そうして夫婦共働きだったから、状況によって子供を医者に連れていくのを分担していたのだ。

妻は保育園の保母さんをしていたから仕事時間のシフトはきまっており、会社員のぼくは、勤めていた会社がそれほど厳格に出勤時間を守らねばならないところではなかった（と、勝手に決めていた）ので、これさいわいとしばしばぼくが医者に連れていった。やはり自転車に乗って行くのである。熱などがなく軽いときは遅刻しても学校や保育園に行かせたが、熱があったりすると、近所に住んでいる義母のところを頼りにするしかない。義母の家は歩いて十分ぐらいのところにあったので、いまの我々と息子夫婦との関係とよく似ている。

しかし義母（あたりまえだが息子や娘たちからみたら祖母）という人がたいへん利発で、当時としてはめずらしく大学出のインテリであり、読んでいる本などぼくにはとても近づけないようなものばかりだった。その義母が結婚するため大陸に渡ったのは二十代で、そこで一人の娘を産んだ。つまりそれがぼくの妻である。

義父は満州に渡り、あの戦争末期の動乱のときに召集されて大陸のどこかで行方不明になった。遺体は帰らず母子は戦後苦労してようやく日本に引き揚げてきたのである。

妻はまだゼロ歳であり、当然父親の顔を知らないが、その父親もゼロ歳の娘を、たぶん数度みて数度胸に抱くぐらいの慌ただしさで大陸の奥地にむかったのである。

義父がなぜ大陸に行ったのか、詳しく聞いていないのでよくわからないのだが、ぼくが写真でしか知らないその義父は左翼運動関係で義母と結婚しており、英語やエスペラント語を喋って外国人と接触していたというから、もしかするとレジスタンス関係のかなり先鋭化した行動派の一人であったのかもしれない。大陸のどこかの地で友人が洪水にまきこまれ、友人を助けに濁流のなかに入っていったのが最後の姿だったという。

母娘だけで引き揚げてきたので義母は苦労して一人娘を育てた。そうして自分で福祉事業を興して働き、長期ローンをくんで武蔵野に小さな一軒家を建てたのだった。

小さな、といっても土地は八十坪ほどもあったから当時としては家と庭がちょうどいいバランスになっているなかなか可愛らしいきれいな家だった。そうして妻が大学生の頃にぼくと出会い、数年後に結婚したのだった。

義母もその結婚を喜んではくれたようだったが、同時に、ぼくは左翼闘争のイロハもわからないノンポリクソガキもいいところの、体だけ大きなデクノボウ青年だったから、本音をいえばせっかく育てた一人娘を出会いがしらの野良犬にもっていかれた、というふうに思っていたフシがある。

我々は二人の子供を得てしばらく三世代一緒に暮らしていたのだが、義母がだいぶ晩年になって再婚したのをきっかけに、ぼくは妻子をつれてその家から歩いて十分ぐらいのところの借家で暮らすようになった。再婚した義父は医療関係の仕事をしていて、背がたかく整った顔をしており、優しい人だった。ぼくと同じのんべえで週末に一緒に飲むのがたのしかった。

その当時のバックグラウンドを説明しているだけで大分長くなってしまったが、義母がよくぼくに話してくれた満州を引き揚げてから日本での母子二人の今ふうにいえばサバイバルそのものの人生再起のタタカイは、それだけで一冊の本になってしまうぐらい波瀾万丈(はらんばんじょう)ものだと、デクノボウのぼくにもわかった。

家族の時間は短い

話を、一番最初のところに戻す。

義母は自分であちこち運動や交渉に走りまわり、協賛金や行政からの（なけなしの）補助金をもとに七十人規模の無認可保育園をつくり、しばらくそれの運営をしていた。

その頃から日本は共働きしたい両親がいっぱいいても保育園はまったく不足していたのだった。

義父は荻窪（おぎくぼ）にある病院で働いていたので、歩いて十分のところに家があるといっても、義父母の都合をきかないと、孫が病気になったといってもなかなか簡単には見てもらえないことも多かった。それでもぼくと妻がどうしても仕事を休めないようなときは、なんとかやりくりして義父母のどちらかが仕事の都合をつけて孫を見てくれていたので、いま思えば本当に優しく有り難い存在だったのである。

もちろん、いまはとうに二人とも他界しているが、ずいぶん時がたち、ぼく自身が息子夫婦からみたら今やかつてのあの心優しい義父母の立場にいるのだから、なにかあると出来うるかぎり孫たちの面倒を見てやらねばならないのである。

ましてや当方はとくに勤め先などないいいかげんなモノカキであるから息子夫婦にとって都合はいい。しかし、この祖父（ぼくのコトである。ややこしいね）は、もういいじいさんなのに、いまだに外国を含めて取材だ、調べごとだ、などといってあちこち飛び回っており、正しい隠居じいさんと比べるとたいへん落ちつきのない困ったじいさんなのである。

妻（孫たちの祖母のことね）も概ねぼくと同じような行動をしているので結果的には、いまさっき書いていたひとむかし、いや俗に「十年ひとむかし」というから年数でいえば「三むかし」ぐらいの両者の関係とそんなにかわりはないのである。

我々老夫婦はいまは新宿の西のほうに住んでいるが、そこに越したのは十五年前である。それまでは武蔵野の義母の建てた家を何度か増改築して六人家族で住めるようにして暮らしていた。木造三階建ての家で、ぼくはそこのちょっと大きな屋根裏部屋のような三階に寝起きしていた。

そのあたりからぼくは気がついていたが、ひとつの家族がみんな揃って食事ができる時間など本当に短いものなのである。

家を大きくして近所の借家から我々親子四人がその家に越してきたとき、やっとまた孫たちと一緒に暮らせるのだ、と義母はこころから嬉しそうな顔をしていた。デクノボウのぼくは、祖母としてのその喜びにそれまであまり気づいていなかったのである。

老境に入っていた義父母を含めて食卓は六人になった。やたら賑やかな家に激変していったのである。

話はちょっと前後するが、我々の長女が生まれたとき義母は、庭に桜の木を植えた。

桜というのは驚くべき早さで成長するもので、食卓からその桜の木が正面に見える。数年で二階の屋根をこえ、もう花をいっぱい咲かせるようになった。

ある年の春のさかり、窓をあけてのんびり食事をしていたその食卓に桜の花びらが一枚飛んできたことがあり、みんなでその花びらを褒めてあげた。しかしそういう季節に義理の父は死んでしまった。六十二歳だったからまだ若かった。

やがて娘は大学を卒業し、単身アメリカに渡った。家族六人だった食卓はあっというまに四人になっていた。

たちまちそういうことになるのだ、ということをぼくはその当時、めずらしく達観していた。それはぼく自身の体験がそうだったからだ。

世田谷で生まれて四歳ぐらいまでわが家は異母兄弟や居候の叔父(おじ)や家政婦などを含めて十二人の大家族だった。しかし異母兄弟はなにかの事情でよそに移り、居候は独立し、家族は八人になって千葉に越した。

越して六年目に父が死んだ。さらに姉が嫁いでいった。ぼくと同じように野良犬的なすぐ上の兄はどこかへ出ていってしまい、結局その家には戻ってこなかった。

家族に安定した数なんかないんだ、ということをぼくはその当時から体験、認識していたような気がする。

武蔵野の桜の木はもう二階のテラスに枝がかぶさるようになっていた。ぼくはモノカキになっており、三階の部屋から満開の桜を見おろしていた年のことを覚えている。その年に義母が死んだのだ。六十七歳だからやはりまだ若かった。

二人の孫たちが泣きながらお棺に折り紙の動物をたくさん入れていた風景が記憶のなかに飛び抜けてある。人生ずっと苦労ばかりの人だったけれど、最後の数年間は孫どもその家に戻って一緒に暮らせたことが野良犬としての、せめてものぼくの親孝行だったかな、と思った。

また季節がかわっていくのだ。しばらくして今度は息子がアメリカに留学した。同じアメリカだが娘はニューヨーク。息子はサンフランシスコだった。

食卓は我々夫婦二人になった。

おれ、結婚したいんだ

その頃から妻はチベットと、子供らのいるアメリカによく行くようになった。もともと学校では山岳部だったのでヤマンバの素質があったのだ。

しかしまだ中国による開放政策下のチベットに行くのはなかなか大変で、簡単には行動できるところではなかったのでいったん日本を出ると三カ月はチベット中を移動していた。ある年は馬に乗って六カ月間六千メートル平均の極限高地といわれるところをキャンプ旅していたのだ。

母が亡くなり、子供たちが遠い国にいき、亭主はネズミみたいに屋根裏に暮らしているかと思うといきなりどこかの旅に出ていた頃だった。

馬の長旅はやってみるとわかるが全身の骨がバラバラになるような厳しい日々の連続になるのである。馬とともに崖からおちて死ぬこともわりにある。妻の書いたその旅の顚末(てんまつ)を読むとそれがわかる。サポートしたチベット人も「イチラは三回死にそうになった」(ラとは日本語の「○○さん」の「さん」のこと)と話していた。

妻本人はぼくには言葉では「ずっと楽しい、いい旅だった」としか言っていないのにである。母親に似て自分は何をしたか、ということは語っても苦しかったなんて話は殆(ほと)んどしない女なので、いまだに定期的に続いているチベットへの旅で、彼女はいつか客死する可能性もあるな、とぼくは近頃考えるようになった。チベットは鳥葬の国でもある。彼女はチベット人の友人を二人亡くしているので鳥葬にたちあっており、そのナマナマしい話を聞いたことがある。

まあ、そんなことがあっても、彼女はいまだに行くチベット旅のおりおり「自分の人生のなかで今が一番自由な時間だな」などということを標高五千メートルとか六千メートルの岩と氷河の山道で考えているのだろうな、とぼくは推測している。

その頃ぼくはちょくちょくパタゴニアに行っていた。立っている人を簡単にとばしてしまうパタゴニアの烈風にさからってアンデス山脈やマゼラン海峡を眺めているのが一番好きなのだ。

あるとき、サンフランシスコにいる息子がぼくに会いにパタゴニアまでやってきた。彼は大学に入って六年になるがまだ卒業できずにいた。

パタゴニア探検はチリ最南端のプンタアレナスという町を拠点にしてそこから奥地にむかう準備をするのが一番いいのだ。

最初にその町にきたとき泊まってから定宿にしている「ホテルモンテカルロ」というけばけばしい名前の小さな商人宿を息子との待ち合わせ場所にした。

もともと景気のいいホテルではなかったが三年前に経営者が代わったのだという。

小さなフロントにいる太っていかにも陽気なラテンおばさんが「あら、また日本人かい。うちは日本人がよく泊まるので有名なのよ」と言った。

「なぜかというと日本のこの本にうちのことが書いてあるからなのよ」

そう言っておばさんがカウンターの下から引っ張りだしたのはダイヤモンド社の『地

球の歩き方』のアルゼンチン、チリ編だった。深い折り目があり、そこに「ホテルモンテカルロ」の案内が出ていた。その文章の中に「作家の椎名誠がよく泊まる」などということが書いてあった。ぼくはそれを見て息子とともに大笑いした。

「ここにこのヒトがよく来ると、このヒトの名前が書いてあるんですよ」

息子が笑いながら英語とスペイン語をまぜたような言葉でぼくを指さして言った。それを見ておばさんもまた笑った。単純な冗談と思ったのだろう。前の経営者のおばさんもよく笑う人だった。

そのプンタアレナスにいるあいだに、息子は「おれ、近く、結婚したいんだ」と突然言った。

「ふーん。まあ結婚していい年齢だもんな。相手はどこの人?」

ぼくは聞いた。

「日本人」

「いいじゃないか」

ぼくは言った。「国際結婚はそれはそれでいいように見えるが、なにかにこじれたとき必ず生まれた子供たちが一番の犠牲者になる、そういうことを経験者から聞いたことがあるよ」

問題はアメリカと日本のどっちで住むかだ。まだ大学を卒業できてないのでそれは決めていないという。

「でもまあさっさと結婚しろよ」

彼はパタゴニアまでその話をしにきたのだな、ということがわかった。親子ほど男同士の話は早い。

息子はサンチャゴ経由でまっすぐ北上していくルートで自分の街に帰っていった。

ぼくは翌日から仲間のガウチョ（南米のカウボーイ）と六頭の馬と荷駄馬五頭で雪のついた地球の牙みたいなパイネ山群に向かった。ちょっとルートに恐ろしいところがあったが雪まみれのベースキャンプに無事着いた。しかしその夜、荷駄用に連れてきた馬がプーマ（アメリカライオン）に襲われて死んでしまった。ピエールというその馬の持ち主は麓に戻ると結婚式が待っていた。

あのお宅をお返しします

一九九九年に住み慣れた武蔵野の家から都心に越すことにした。以前台湾人が住んでいたという中古ビルだった。表面は木造のように作ってある。晩年の夫婦二人で住むには広くて贅沢すぎるほどだったが、地下一階地上四階、屋根裏部屋とつながった屋上つきの家に改造した。屋上のほぼ半分に土を盛ってその真ん中に小さな桜の木を植えてもらった。

そしてぼくはまた三階の部屋に住むことになった。今度は武蔵野で見えた林の緑はなく、都庁の金権都市の象徴みたいな下品なビルが見えた。

武蔵野の家を越すとき、一番心残りだったのは桜の木だった。その頃には枝葉は三階の屋根に迫り季節になると暖かい風にのって桜の花びらがいちどきに笑いたくなるほどの数になって窓から入りこんできた。

長女と一緒に育ってきた桜である。二階のかなり広くとったテラスにはキウイフルーツのかなり頑丈なツルがL字型になった手すりをとりかこむようにして伸び、実をつけた。あれを置いてくるのも悲しかった。

面白いもので、その近くに住んでいるぼくのすぐ下の弟夫婦が、子供らが大きくなってきて手狭になったので、その家を貸してくれないか、と言ってきた。他人に売るよりは身内に譲ったほうがずっと気持ちがいい。話は決まった。

六歳違いの弟には息子が二人、娘が一人いて仲のいい家族だった。

武蔵野の古い三階建ての家の住人は弟の五人家族となった。「家」に意識があるとしたら我々夫婦二人の食卓のときよりは嬉しいだろう。しかし、その家族が五人揃って食事している時間もものの四、五年で終わりのようだった。三人の子供のうち二人に結婚を前提にした独立住まいが始まったのだ。

そうこうしているうちに、弟の妻の実家の両親がもう足腰が満足にたたなくなってしまい、娘である弟の妻が週三回クルマで通って介護するようになっていた。

それで子供らも分散していくのだし、弟も定年になるのだから、ここで嫁さんのふるさとである長野県の上田に越してしまおう、という方向が具体的になってきたのだ。

上田の老夫婦は果樹農園をやっていたので土地はいっぱいある。新しい家をいちばん住みやすい土地に建てればいいのだから、それもまたシアワセな転居なのだった。

小さなスケールになってしまったが一族の長としてぼくのところにそういうコトの相談がきたとき、ぼくはいっぱしに言った。

「お前らはまだ気がつかないんだろうが、それが両親の一番喜ぶことなんだよ」

ぼくは力をこめてそう言った。面白いものでこのことが正式に決まると、なんとなくあいまいな状態にいた三兄妹のそれぞれがやがて結婚式をあげて家から完全に出ていく、ということになっていったのだ。

そろそろ上田の新居も完成するのでこの五月に武蔵野の家から上田に引っ越しすることにしました。ついてはあのお宅をお返しします。

まだ北風の吹いている頃に弟から電話があった。その年の五月というとぼくはアイスランドに行くことが決まっている。

その少しあとに一通の可愛い封書が届いた。差し出し人は「あすみ」。弟の一番下の娘だ。

「武蔵野の家で、みなさんでお別れ花見の会をしましょう」そういうおさそいだった。

書かれている日付は、あの庭の巨木になりつつある桜が一番しっかり花を咲かせる頃だ。

ぼくは自分の息子にそのことを伝えた。息子にも「あすみ」から同じ招待状がとどいていた。

「お前が生まれた家のお別れ会でもある。チビの三人にも父ちゃんの生まれた場所だぞってよく伝えておくときだな。あの桜もそれからあとはもう見ることもなくなってしまうだろうし」

「うちの三人にはもう言ったよ。でもよくわかっていなかったみたいだったよ。まあ、でもみんなでいくよ。その日は飲むから電車だな」

息子はなぜかこういう話をするときいつも無意味にぶっきらぼうなもの言いになる。

「当日はおれに流をまかせな。懐かしい三階をあいつに見せてやりたいから」ぼくは言った。

その日は、弟の子供たち三人の結婚相手もやってくるという。そうするとたぶんその家が建てられてから最初で最後の大勢の一族宴会になることだろう。そして桜の見納めでもある。その土地はやがて売ってしまうつもりだ。桜の処遇はまだわからない。

特別な日

その日はあいにく朝から雨だった。それもなにやら濃密で、雨足はそんなに強くはないものの小雨と霧みたいなものが協調しあっているような、つまりは風景の「見とおし」の悪い雨なのだった。

ぼくは妻と最寄りの中央線の駅にタクシーで行き、近くに住む息子ファミリーは、小さい子がクルマに酔う、ということもあって、歩いていける私鉄の駅から三回乗り換えて目的の家に行くことになった。

ぼくと妻は、しばらく乗らないうちに鉄道がほぼ全面的に高架になっているのに驚いた。話には聞いていたが停まる駅がみんな知らない姿になっている。駅名は変わらないからヘンな気分だ。

三十四、五年前までぼくはその路線で都内に入り、地下鉄をふたつ乗り換えて勤め先のある銀座に通勤していた。武蔵野の家からはバスか私鉄で幹線ターミナル駅まで行かねばならないので、通勤時間は片道で一時間三十分ほどかかった。

その頃は若かったからさして苦でもなかったし、当時のサラリーマンは多かれ少なかれ、みんなそのくらいの通勤時間をかけて都心の仕事場に通っていたものだ。

だから、当初は私鉄に乗り換え、むかし通勤した道を歩いていこうと考えていた。結婚して二年間ほどであったろうか、妻は赤坂見附にある建築設計事務所に通勤していた、つまりは赤坂のOLというやつだったので、方向が同じでもあり、たいてい一緒に赤坂見附まで行ったのだ。ぼくはそこからさらに十分先の銀座まで行く。

「あんな元気は今はもうないよなあ」

ぼくは妻にそういい、方針を変更してさっさとタクシー乗り場に並んだ。かつてそこでは三社ほどのタクシー会社が競合していたが、長い年月のあいだに経営勢力の変動があったのか、当時の一社が独占しているのに気がついた。かつての自宅までの商店街の通りは思いがけないほど汚れていた。

ごちゃごちゃして汚い商店街、というのは日本を代表するひとつのキマリの風景だが、そこはむかしの思いがヘンに作用するのか、汚さに時代経過の疲弊のようなものが感じられた。妻とそのようなことを話しながら、でも同時におれたちも時代に疲弊しているんだよな、と反省確認の会話となった。

電車を乗り継いできたぼくの息子ファミリーのほうが先に着いていた。乗り換えがいっぱいあってもやはり電車は速いのだ。

我々が一番遅かったようで、弟の二人の息子、一人の娘、それぞれの伴侶、あるいはこれからそうなる人、弟の妻の妹などがふたつの居間をつなげた宴会場でもうビールなど飲んでいた。

その居間から本来の主役である桜の太い幹が見える。花はそのもっと上のほうに咲いているから二階にいかないとその全容は見えないようだった。

全員揃ったので、着席。弟がむりやり「おごそか」ふうの顔をつくってあまり迫力のない挨拶をした。続いてぼくの番になった。

「この家が自分の人生のなかで一番長く住んだところだから、今日はおじさんにとって特別な日になるなあ。それからこの家で娘の葉や息子の岳も生まれて育った。チビたちはそういうことも少しおぼえていてね」

息子の三人の子供のうち小学四年の波太郎は、そのことの意味を理解したようだったが、一年生の小海にわかったかどうか。大きい口をあけて無理やり稲荷寿司を詰め込んだばかりの流は「なんのこっちゃ」という顔をしている。

息子ファミリーは奥の部屋で若い「いとこ」たちに囲まれてなにか熱心に話をしていたようだった。息子は会社の仕事でその朝シドニーから帰ってきたばかりであり、十七年にもおよぶアメリカでの生活に「いとこ」たちは興味があるようだった。

我々は長老組に入っているようだ。そのことは今日の集まりの誘いがあったときに気がついていた。建て増しを繰り返してきた家なので六十坪ぐらいの建坪があり、しかも三階建てだ。住んでいた当初は感じなかったが、容積が大きいぶん掃除がたいへんだったことを覚えている。そしてここにも部屋のあちこちに、年月の疲弊を感じた。

古代ペルシャのハエタタキ

頃合いを見てわが三人の孫たちを連れてこの家のタンケンをすることにした。二階の東側に六帖（じょう）の洋間が三つ並び、そのうち一番南の部屋に息子が住んでいた。「ここが君たちのお父さんの部屋だったんだよ」。三人のチビたちにそのことを教えたが、「フーン」というだけだ。まあそうだろう、あまり感動も感銘もない。彼らからみたら初めて見る、引っ越し支度がされたモノオキみたいな部屋なのだ。

ただし南側と東側にむいた大きな窓の正面に立派な桜の花がわずかな風にわらわら揺れていた。いくらか小雨になってきていて、こういう別れの桜を、しかも満開のそれを見るときは、抜けるような春の青空の下で見るのがよいのか、かえって春のこまかい雨に濡れているのを見るのがよいのか、ぼくにはよくわからなかった。

その隣が娘のいた部屋だ。もうすっかり片づけられていた。その隣は客間だった。一番奥は二十帖ほどの洋間で、かつてそこは妻の専有地だった。部屋の真ん中に三階にのぼるとても階段とはいえない、ハシゴをちょっと立派にしたぐらいのものがある。これは増築したときにぼくの好みでそうしたものだった。むかしの感覚より傾斜がいやに急になったな、と感じたのでいやはや歳のせいかと思ったら、その部屋の間取りをかえるためにハシゴの角度をかなり急にしたのだ、と聞いて安心した。

「タンケン隊」のチビたちを先頭にしてそのハシゴを登っていく。小さい子にはこういうものがとても興味深いようであった。気持ちはわかる。

三階はやはり二十帖ぐらいの規模があり、かつてそこがぼくの部屋だった。南側に大きな窓があいているので桜の花がそっくり全部見える。そのむかし春のいい季節に窓をあけておくと桜の花びらが風に乗って部屋の中までいっぱい舞いこんできたものだ。

東の端はぼくの原稿デスクがあったところだが、いまは弟のベッドが置かれている。

そこに至って弟が猛烈なイキオイで三階にあがってきた。

「そうだ。忘れてた。三階でぼくはネコを二匹飼っているんだ。どうもさきほどから姿が見えないな、と思ってたんだけど、ヒト一倍臆病な二匹だから突然賑やかになったので怯えてどこかに隠れている。多分ベッドの隣のソファのどこかだ。そこが彼らの寝場所だから」

やや慌てた声でいった。

怯えているからふいに摑んだりするとネコ的必死の反撃が考えられる。

なるほどよく見るとソファの上にかぶせられたシーツの一カ所が不自然に丸い。ネコの頭のようだ。彼らはそこに隠れたつもりになっているようだが、ときおりその丸い小さなカタマリが微妙に動く。

ぼくはチビたち三人のタンケン隊員に、ネコはとても臆病で、知らない人にはなかなか馴れない、むこうからコンニチワと言ってくるまでこっちから何かしてはいけないよ、と忠告した。

その部屋ではDVDをプロジェクターで映画館のように巨大なスクリーンに映写する装置をぼくがいた頃設置した。横五メートル、縦三メートルぐらいに映写できる装置だったが、聞いたらそれもまだ稼働するという。

しかし子供たちの目を一気にひきつけたのは部屋の真ん中のテーブルの高さぐらいのところに作られている電動模型電車の、ジオラマ含みの鉄道網だった。沢山の線路が敷かれ、一カ所にある操縦装置で長い連結の列車がゆっくり動きだす。

わが三匹の孫たちは初めて見るものだったのだろう。三人で声もなく、小さな動く列車の数々を見つめている。しばらく会わないうちに弟がこのような趣味をもって実践しているのを知らなかったから、ぼくはそっちのほうで少し驚き、感心していた。

猫と鉄道模型。彼も順当に趣味老人になってきているのだ。

屋根裏部屋に片づかないものがあるという。そこはぼくが住んでいた頃と殆ど変わらないガラクタ収納所で、板壁の棚に見覚えのあるものがいろいろ並んでいた。

大きな櫓がある。木製で、柄のところが欠けている。ずっとむかしまだこの家に住んでいたころ、どこかの国へいって乗った木製カヌーで使っていたものだ、という微かな記憶がある。

小さな鉄のかたまりに把手をつけたようなものは、じか火にいれて全体に熱をもたせ、そのまま使っても布が燃えてしまわないくらいまでさまして使った大昔のアイロンだった。どこの国で手にいれたのかまるで思いだせないが、何にどう使う、ということもなく日本まで持ちかえった記憶はたしかにある。

　それから錆だらけのなにかの巨大な調理道具。把手の長さだけでも五十センチはあり、先端の丸いところには沢山の穴があいているから、こし網のようにも見えるが、どういうときにどう使うかは二十年ぶりくらいに見たぼくにも見当がつかない。

「古代ペルシャのハエタタキかな」

と、ぼくが適当なことを言うと波太郎が「絶対嘘だね」と言った。本好きの彼の世界史の知識はすでにぼくよりも深い。

　こういうわけのわからないものは、越していく者にはまさしく困りものだろう。今となってはみんなぼくにもいらないものだが、悪いので持って帰ることにした。

　弟と同じ歳で若くしてガンで死んだ、ぼくも親しくしていた仲間の遺品もあった。道具ではあるが今はもうよほどのことがないかぎり使わないものでもあるので、こういうものの処分も難しい。

「家を越す、ということは、それまでの人生からなにかいろんなものを断ち切っていくことでもあるのだから、今ここで思い切ってもいいと思うけれどね」

　ぼくはそれが役にたつかどうかわからない助言をするのに止めた。なにかよほどのことがないかぎりぼくはもういま住んでいるところから引っ越しすることはないだろうから、それ以上に自分で集めてきたいろんなガラクタが屋根裏部屋などに山積みになっているのを思いだしていたのだ。

義母の買った土地

弟夫婦が上田に越すのは両親の介護が大きな目的だが、それによって彼らはその地が「終のすみか」ということになるのだろう。

思えば我々夫婦は双方、父親を早くに亡くしてしまったし、そのあと苦労してそれぞれの家系で我々を育てた母たちは、ある日、いきなり倒れて、亡くなってしまったので、我々はどちら側も親の介護ということを体験しないできた。

親孝行の逆で、本当に最後まで我々に面倒をかけずに逝ってしまったのである。

妻の母親が苦労して自分の娘を育ててきたことは前に書いた。そして同時に母親一人の手でこの家を建てたのだ。

五月にはこの家は無人になる。同時に業者に入ってもらって土地を処分する。

義母が苦労して手にいれたその土地、その家を、我々の意思で処分してしまっていいのだろうか、という逡巡がぼくにはある。

その日の酒宴たけなわの頃に弟がぼくの隣の席にきて、意外なことを言っていた。

「あのおばあちゃんは、オレがこの家の御馳走（ごちそう）に呼ばれて飲んでいるようなときなどかなり知的なことを言っていたよね。今となってはこっちも酔っていたから何をどう言われたのかはっきり覚えていないんだけれど、たとえばあなたは自分の人生の価値を常に考えながら生活していくことを心がけないとね、というようなことだった。もう少し奥の深い内容だったような気がするけれど、いきなり言われるので、しばしばそんなようなヒトコトで緊張しちゃったことがあったよ」

それはぼくにもいろいろ記憶のあることだった。

ぼくがよく言われていたのは、

「科学的に考えていくことね」

という言葉だった。

「科学的に……」

などということはあまり老人は言わないもののように思っていたからびっくりしたことがある。もっともぼくみたいに野良犬のようにこういう静かな家に入り込んできた者には「がさつ」はイメージできても「科学的に」はイメージできなかったろう。

この「科学的にね」というワンフレーズは、今でもぼくと妻の間では、ここぞ、というときに交わされる定番のヒトコトになっていて、まあたいていいまだにぼくのほうが負けるのであるが。

サツマイモの山

テーブルの上には各自、各家庭が持ち込んできた手づくり料理がいっぱい並んでいて、なかなか豪華だった。弟の長男の嫁になる人は家庭的な、しっかりした印象の女性で、弟の一番下の愛娘(まなむすめ)の結婚する相手はなんでも気持ちよく素早く応対していくような、素朴で親切そうな青年だった。真ん中の次男だけがまだ独身で、顔つきも物腰も小さい頃とまるで変わらない可愛(かわい)い奴(やつ)だった。

でもこの五月をキリに弟の家族は完全に分散していくことになる。

もうそろそろあたりが薄暗くなり、雨のなかの花見宴会もおひらきに近い時間に、この家に住んでいて、どんなときが一番楽しかったか、というようなことを各自が喋(しゃべ)ることになった。

まずは最初の頃に住んでいたぼくの思い出話だ。

その頃は、家の前がかなり大きな農家で、三階のぼくの部屋の窓から、季節ごとに変わっていく野菜の風景が記憶として濃厚にある。

一番迫力があったのは「里芋」だった。

あの芋は信じられないくらい大きな立派な葉を並べる。ぎっしり生えるとそれらが濃密に葉を揃え、雨のときなどは葉の青さがさらに濃くなり、葉の上に雨粒がいっぱいたまって、口をつければ飲めるような具合になる。

トウモロコシが植えられる時期も見事な風景になった。それらは季節が進んでいくにつれて色がかわり、それによって畑全体の色が変化していく。

サツマイモの季節になると……という話になるとぼくの息子が「ひええ」というような声をだした。「サツマイモ事件」というのがあったのだ。

あるときぼくが家に帰ってくると家の門の前に沢山の「サツマイモ」が山となっている。目の前の畑を見ると三畝がみごとに掘り起こされたばかりの土の色だ。

その農家がサツマイモの取り入れをはじめたとしても、ぼくの家の門の前にそれを山積みするのはいかにもヘンだ。

するとどこかに遊びに行っていた小学二年生になるわが息子が二人の遊び仲間と意気揚々と走りながらやってきて「おとう、お芋をいっぱいとってきた！」と力強く言うのだ。当時ぼくは息子から「おとう」と呼ばれていた。

訳は一瞬のうちにわかった。

息子はかねてからいたずらの日々で、母親は何回学校に呼び出されたかわからない、というくらいの少年だったから、目の前の芋の豊作に気がつき、三人で三畝も収穫してしまったのだ。

その日のうちに農家に詫びにいき、掘りとったサツマイモは全部買いあげた。それから母親は彼に毎食芋料理をふるまった。息子はネをあげたが、ああいうお百姓さんが作っているものを無断でとってしまうとこうなるのです、という母親の有無を言わせぬ実力行使が行われたのだった。

息子はその事件をしっかり覚えていた。

彼は彼で貧しいわが家の家計を助けるため、というまあそれはそれで殊勝な動機があったのだから、それ以上はあまり怒らないようにした。

その話は波太郎や小海などにも「意味」がわかったらしく面白そうな顔をして聞いていた。

その農地は、多分農家の主が亡くなって後継者がいなくなってしまったか、あるいはほかの理由でか、畑全部が建て売り住宅へきりかわってしまった。知らないいろいろな土地からやってきた人々が住むようになり、ぼくの部屋の窓からの風景はいっぺんに殺風景なものになってしまった。

　こういう土地に越してくる新しい人というのは信じられないくらい非社交的で、挨拶ひとつしないことで共通していた。それまで隣近所の人々はなんの問題もなく仲良くしていたのに、こちらの挨拶にも無反応、という対応におどろいたし、しばし不愉快な気分だったが、まあ最近の人はそういうヒトなのだろう、と思うことにした。

　それまでは畑の先に武蔵野の背のひくい雑木林もあって、その真ん中はちょうどいい犬の散歩道だった（当時ぼくの家には大型犬が二頭いた）。しかしまもなくその雑木林も建て売り住宅となり、そこの住人対、少し前にやってきた畑あとの住人の（よく理由のわからない）バトルがはじまったのである。

　武蔵野に住む魅力のひとつはその飾り気のないありのまんまの雑木林や原っぱであり、気さくな住人たちとのつきあいだったのだが、いやな方向への変化は急速だった。

　ぼくはどんどんその地域での生活が息苦しくなっていったのだったが、替わって弟ファミリーは、我々より若いぶん、そういうヘンに依怙地な侵入者となんとかやっていたようだった。

　ぼくのそういう昔話をみんな面白く聞いていたのかな、と思ったら弟の長男に「おじちゃんの話は長すぎるよ」とクレームをつけられた。うーん。やっぱり時代は変わってきているのだ。

夕闇が本格的になってきた頃、この家での最後の写真を撮ることにした。大きな居間だったが、全員並ぶとかなりいっぱいいっぱいになる。

最初はぼくの妻とその母親ではじまったこの家も、解散するときはこんなに賑やかになっているのだから、この家を建てたおばあちゃんも喜んでいるね、と誰かが言った。

本当にそのとおりだな、と思った。

夕闇とともに雨はやみ、少し温度も上がってきたようだった。帰る十分ぐらい前にぼくは庭に出て、四十数年のあいだ成長していた桜の木の幹を両手で撫(な)ぜた。

こういう土地は業者に売ると、桜の木なども根こそぎひんぬかれてしまうのだろう。もしそういうことがはっきりしたら、ぼくはこの桜の根のところから最初の枝が数本分かれるところまでの二メートルほどまっすぐな幹だけ引き取りたいと思った。桜の木はやわらかいので彫刻にむいているのだ。

ラクダさんの旅の準備

体の悩みといったら不眠症である。自分でどんどんそういうふうにしちゃっているところもあるのだろうが、体が疲れているのになかなか寝つけないときほど辛いものはない。

サケを飲み、ほどよく酔うと寝られるけれど、たいてい午前二、三時頃に起きてしまう。その習性はむかしからだったが、十年ぐらい前からいったん目をさましてしまうと、眠りの継続に入るのが難しくなった。まあ、真夜中に起きてしまうのは生理的現象によるもので、トイレにいき、水を飲み、すぐに布団にもぐり込めばさきほどまでのここちのいい眠りに戻れるのだが、歳をとってくるとわずかその数分のあいだにどんどん覚醒していってしまう。

それがわかっているから「寝た子をおこさないように」とはちょっと、いやぜんぜん逆であったか、えーと、「寝たい、眠たい気持ちをあまり邪魔しないように……」ソロリソロリと気をつかってトイレや水分補給行動をすまそうとするのだが「不眠鬼」には、たちまちそのわざとらしさが見破られてしまう。

そおっと布団に入ったのに、目も脳もパッチリあいてしまっている。いや、脳は違うな。脳がパッチリあいてしまったらこぼれた脳だの脳漿（のうしょう）によって枕は大変なことになる。そんなアホなことを言っているのもモーロー状態でいろんなことを簡単に間違えてしまうからだ。そうしてますます本格的に眠れなくなる。

真夜中に一人起きてじっと暗闇の天井を眺めていると、いろいろ考えなくてもいいようなことを頭に浮かべ、わざわざそんな夜更けに悩まなくてもいいようなことを悩みはじめ、あるいはとんでもないむかしのことを思いだし、急にイカリはじめる。

とくに古い友人の沢野（さわの）ひとしのことを思いだすとイカリが本格的に再燃する。沢野はイラストレーターで、ぼくのエッセイや小説にずっと絵をつけている。高校生の頃からの友人だが、こいつにはハラのたつ記憶がいっぱいある。いきなり起きて「これからあいつを殴りにいく！」などと思うことがある。

とはいえそのイカリは、どうせたいしたコトではなく、夜眠れない理由をそいつのむかしの傍若無人ぶりのせいにしているのだ。

でも我々の共通の友人、文芸評論家の北上次郎にその話をしたら「おれもそういうことがある、すぐさま殴りにいきたいと思う」と言っていたので、やはり沢野になにかの深い原因があるのだ。

でもまあそんなことに神経や頭をトガラせているうちにやがていつの間にか眠ってしまっているのだが、最近、こういう不眠の悪サイクルと深みがさらにひどくなる一方だ。

そうして影響してきたのが、長年にわたるぼくのライフワークといってもいいような「遠い国への長い旅」であった。

でかけると、明日、どこで寝られるかわからないようなところへの長い旅というのがかつてはとくに面白かった。でもこの「夜中にいきなり覚醒し、寝られなくなってしまう」というタチの悪いヘンな症状を自覚するようになって、そのような旅がいささか億劫になってきた。

数年前に奥アマゾンに行ったとき増水期だったので筏家屋での仮寝となった。その最中に夜更けの覚醒状態がいきなり発症した。辺境地への旅は神経も体も疲れるから、たいてい朝までドロのように眠ってしまうものなのだが、その頃にはようやく異境の空気に慣れてきていたのだろう。

時々毒蛇があがってくるから注意、と言われている喫水線まで二十センチもないような筏の端で、ヘッドランプであたりを照射しながら小便し、ハンモックの上に戻ってから寝られなくなった。

外では体長四メートルのピンクと灰色の二種類のアマゾン淡水イルカが夜のあいだずっとザバリザバリと空中に半身をのしあげてあたりの動物を脅かしている。いろんな鳥の鳴く声がけたたましい。哺乳類(ほにゅうるい)だか爬虫類(はちゅうるい)だか虫だか正体のわからないイキモノの鳴く声もあたりいちめんから断続的に聞こえている。

電灯はないので、こういうときに本格的に覚醒してしまうと何をすることもできない。ただもう真っ暗な闇を眺め、いろんなことを思い浮かべる。

また沢野が出てくる。またもやいろいろハラのたつことを思いだし「あのやろう今すぐ殴りにいくぞ!」と思うが、それには三日かけてカノア(小舟)をこいで昼夜の川を下り、まずテフェというアマゾン最奥の小さな町に下りつかねばならない。命が一ダースは必要だろう。

行こうとしてもどうしても行けないことがもどかしく、腹だたしく、さらに目が冴(さ)えてくる。バカもいいところだが、そういうことからちょっとしたわが難病がはじまった。

ラクダさんは留守します

あと五日ほどしたらアイスランドに行かねばならない。せいぜい十日ほどの外国旅行は続けていたが、今度はそうはいかない。なにしろ北極圏に近い。これまでアラスカ、カナダ、ロシアの北極圏に行っているのでこれでヨーロッパの北極圏に最接近し、結果的に地球のてっぺんを各国からぐるりと眺めることになるが、なにしろそこまでが遠い。到着するまでにひとつの夜を越える。真夜中に覚醒しても飛行機のなかでは逃げ場がない。それを考えるとたとえ飛行機の旅としても時間がかかりすぎる。

夕刻、ぼんやりそんなことを考えて、まだまだやり残している原稿を書きつつ、週刊誌の連載エッセイの書きだめ態勢にはいっていた。世間はSTAP細胞のことでわいているから、その基本である「単細胞」のことについて調べていたのだ。

単細胞、という単語をみるとまた沢野のことが頭にうかぶ。いや、よく考えたら彼ではなく、こちらのコトであった。

そういう関係の本を探しているうちに、大航海時代の本がいろいろ並んでいる棚に目がいった。むかしから航海記が好きなのでたくさんある。

巨大帆船による旅はどうしたって長い航海だった。一年や二年はざらにかかる。いやいや五年、十年も稀ではない。むかしの船乗りのなかには一生を船でおくった人もけっこういたらしい。そうなってしまえば、「移動」していることが日常になり、精神はそれでむしろ安らぐのだろう。

大むかしの海外への旅はそういう帆船に頼るしかなかった。アマゾンの旅以前はそういう帆船の航海に憧れたものでもあったが、いまはそんなのとんでもない悪夢の旅だ。

その日の夜、夕食が終わった七時半に比較的さし絵の多い大判の「大航海時代」の本をかかえて三匹の孫のところを訪ねた。陽気があたたかくなり、もう下駄でカラコロいける。

その時間は彼らの家でも夕食がおわり、三匹の孫たちはみんなそれぞれ勝手なことをしている。ぼくはさっきまで飲んでいたまだ半分残っているワインをもう片ほうの手に持っている。三匹の孫たちともしばらく会えなくなるから、今日は「じいじいが長い旅にでるんだよ」という話をしようと思っている。

彼らの家にいくと三匹は、まさしくそれぞれいろんなことをしていた。

一番下の流くんは近頃レゴに凝っていて、本日もそれで中世のお城を作ってタタカッテいた。真ん中の小海は床にひっくりかえって足を空中でバタバタさせながら母親になにやら文句を言っている。母親は食器の洗いものに忙しくナマ返事だ。いちばん上の波太郎はソファに座って、あたりとは関係なく静かに本を読んでいた。

　この春五年生になって、もう完全に少年のたたずまいだ。ぼくが部屋に入っていくと「ああよかった」と最初のヒトコト。父親が帰ってきたのではなくてよかった、と言っているのだ。父親はこの頃、彼らにいろいろ厳しいらしい。春休みで一日中勝手なことをしている子が三人もいると、どうしてもそうなるのだろう。波太郎にとってはぼくは友達と同じだ。ただしワインを片手に持っているところが彼の昼の友達とはちと違う。

「何を読んでいるの？」

　彼は本当に読書好きで小学校の頃のぼくと似ている。『マリー・アントワネットの生涯』という本だった。この頃、伝記が好きなようだ。沢山の本を読むし、わからないことがあるとインターネットですぐに調べてしまうから、どうもこれまでおきた世界のいろんなことは、ぼくよりも彼のほうが絶対に詳しいような気がする。少し前に「フン族の盛衰」について、彼から話をきいた。それまでぼくはフン族がどんな民族でどのへんに住んでいたのかさえ知らなかった。

「ラクダさんは何の用できたの？」

　床で足をバタバタさせていた小海がぼくに聞く。母親が彼女の文句まじりの要求をぜんぜん相手にしていないからだろう。

小海は最近ぼくに「ラクダさん」というあだ名をつけている。いつも日にやけて茶色い顔をしてラクダ色の服を着て髪の毛がもしゃもしゃでラクダそっくりだからなのだという。しかも近づくとラクダの臭いがするというからひどい話だ。

「うん、ラクダさんはね、しばらく留守にするから、みんなにそれをお知らせしようと思って来たんだ」

「ふーん。なんで?」

「遠い国へ行くんだよ」

「ふーん、なんで?」

小海が聞く。

「お仕事だよ。君たちのおとうさんもよくお仕事で外国へ行くでしょう」

「ふーん。どういう国に行くの。ラクダの国にかえるの?」

二年生にもなると女の子は口がへらない。

本に集中していた波太郎が、半分聞いていたらしく、「どこへ行くの?」と聞いた。流は自分で作ったレゴの城を巨大な赤いドラゴンで襲っているところだから、聞こえてはいるのだろうけれど、質問まではしない。

「アイスランドという国だよ。むかしは船で三、四カ月かかったけれど今は飛行機で十数時間で行ってしまえる」

「むかしは帆船で行ったんだよね」

「そう、大航海時代って知っているか」

「知っている。その頃は世界地図がよくわかっていなかったんだ」

ぼくは波太郎の座っているソファの隣にこしかけ、持っていった『図説 探検の世界史1 大航海時代』の本を膝の上に広げた。

函表紙に大きな帆船が荒波に揉まれている絵が描かれている。函から本体を引き抜くとそこには荒波に翻弄されている帆船の上で海賊に襲われているのか、数人が闘っている。

「わあ、むかしはこういうことがよくあったんだよね。ほかに見ている人がいないから海賊が襲うのに都合がよかったんでしょ」

その話をきいてレゴ城とレゴ翼竜のタタカイを中断して、流がぼくのもう片方の隣にやってきてそこに座った。流はつい最近まで帆船とか海賊のタタカイに心を奪われていたのだ。

ぼくの作戦成功。

日本はまんまるだった

三人でその本を最初から眺めていった。最初のほうにその当時の世界地図が出ている。

「ああ、やっぱり日本がない」

波太郎が言った。

「この時代のヨーロッパの人たちからみたら日本は地球の一番東の外れにあったから、遠くてとてもわからなかったんだよね」

「そうだよね。実際に行かないとわからない時代だった」

「飛行機で行けば見えるじゃん」

流が言った。この春から五歳になり幼稚園の年長さんになった流は最近、いうことなすことが俄然生意気になってきている。

「その頃は、飛行機はまだ発明されていなかったんだよ。研究はされていたけどね」

波太郎が流に教えてあげる。この兄は本当に涙ぐましいほど弟や妹に優しい。なおもページをめくっていくと、小さな絵だったが海戦の模様が描かれていた。こういう絵をみると流の意見に俄然力がこもる。どの大砲が撃った弾がどこで炸裂しているか、などということをすぐ発見するのだ。

最近、この三匹の孫たちを見てつくづく思うのは性格のきわだった違いである。きょうだいというものはみんなそうなんだろうけれど、たとえばこの男の兄弟の違いは「平和」と「闘争」である。兄の波太郎はほんとうに性格の基本が優しく、弟や妹になにか怒っているところを見たことがない。

一番何につけても傍若無人で、言いたいほうだいでわがままなのは真ん中の小海で、自己主張が激しい。とにかく口が達者で、気が強い、という磐石(ばんじゃく)の二刀流である。

三人きょうだいの真ん中が女の子だったばあい、かなりの確率で女王様になる、と聞いていたがまさしくそのとおりなので笑ってしまうくらいだ。

その女王様は足をバタバタやってずっとしつこく母親に要求していたものがようやく聞き入れられたらしく、薄手のコートを羽織って、母親と一緒に外に出ていった。何を要求しているのかぼくにはわからなかったが、さいぜんから何か買ってくれええー、と母親に言い続けていたのだ。

我々オトコ組は、おとなしくソファに並んで帆船による冒険に出ていくところだ。

コロンブスが航海に出る前に予想だけで描いた世界地図と、航海のあとに描いた世界地図が上下に並んで載っている。航海に出る前の地図は大地よりも海のほうが断然広く

大きく、太平洋がほぼ地図の真ん中を占めている。波太郎は別の本でその地図を見ていたらしく、

「ホラ、日本はその頃、こんなふうにまんまるの国と思われていたんだ」

と、笑いながら言った。

「ホントだ。まんまるの国だ。ヘンなの」

流がどこまでわかっているのか楽しそうに笑う。世界史に興味のなかったぼくはその地図のことを知らなかった。なーるほど、という気持ちだ。

コロンブスが航海を果たしたあとに描いた世界地図は海よりも陸のほうが広くなっている。そういえば波太郎は、コロンブスらの大航海時代よりもずっと前の、地球の壮大な地殻変動の本を読んでとても感心していたのを思いだした。

だから波太郎は、ぼくが行ってくるよといったアイスランドが世界を構成するふたつの大きなプレートが分かれる場所である、ということを知っていた。それにはぼくも驚いた。ユーラシアプレートと、北アメリカプレートの分かれ目がこの国のほぼ中央にあって、それを「海嶺（かいれい）」というのだ、ということを、つい最近アイスランド関係の本を読んで知ったばかりだったからだ。

波太郎ぐらいの年齢の、急速に発達し続けている脳は、一度知ったことはそのまま記

憶されていくのだろう。だから今こそ沢山の本を読み、沢山の知識を得て、沢山の思考訓練をするときなのだな、ということを改めて感じた瞬間だった。

じっさい、酒場などで聞いているそこらのつまらない親父（おやじ）の自慢話や人の噂（うわさ）話などよりは、波太郎と話をするほうが、ぼくにとって断然たのしく有意義だった。

ましてやぼくはいま、不眠症状がでるたびに「ハルシオン」という短時間有効の睡眠薬を飲んでいる。すぐれた薬だが、これは習慣にしているとしばしばいろんなことを「忘れてしまう」。その副作用が出ているのをこの頃自覚する。ただでさえ歳とともにモノ忘れがひどくなっているのに、これは困ったことだ、と近頃実感している。ぐんぐん日毎に新しいことを吸収している若い頭脳と、ぐんぐん日増しにいろんなことを忘れていく老人が、まだまあ、両者同一のことについて会話していることを「シアワセ」と思わねばいけないのだろう。

小海ちゃん元気？

旅に出る前からぼくは自分の住んでいる町をよく歩くようになった。目的はさしてない。武蔵野からこの町に越してきてそろそろ十五年になるが、都心にやたら近くなったぶん、なにかあると自分の町よりも近くの大都会に行ってしまう。だから十五年も住んでいるのに自分の町をあまりよく知らない。

旅で使いたいちょっとした小物を探しに歩きだしたのがきっかけだった。そういう目的を果たせたいまは、散歩がてらの外出になった。それもなかなかいいものだ。この町にやってきた頃、自宅を訪ねてきた編集者などが「都心に近いのに下町ふうの雰囲気があってとてもいいところですね」などとしばしば言うので、それを確かめておきたい、という気持ちもあった。書きだめの原稿に疲れたり、書くべき話題が枯渇していたりするときのもしやの刺激や発想も求めている。ときどき孫を誘う。孫たちは毎日のように駅までの商店街の道を歩いているから、本当の町ガイドの役にもなる。

まあ子供だから視点が違うが、一番面白いのは小海と歩くときだった。この子は二歳の頃にアメリカから日本にやってきた。幼いながらも自分のいままでいた世界とだいぶ違うところにやってきたのが面白かったのだろう。女の子特有の「ませた」感覚で母親と歩くと、きさくな商店街の人によく声をかけられ、それにストレートに対応するのでこの通りでは顔馴染(なじ)みになっているようだった。

そうしていまは私鉄と山手線を乗り換えて私立の小学校に通っているので、ちっこいくせにセーラー服に三つ編みなんかの姿に成長している。だから商店街の人もアレヨアレヨという間のその成長ぶりを面白がっているのだろう。小海がほしい本があるというので、ぼくも旅の間に読みたい新刊など探しに一緒にいくことにした。

まだ土曜日の午後だったので通りはすいている。なるほど商店街の人たちが「小海ちゃん元気？」などと声をかけてくれる。この商店街では人気者と聞いていたが、本当だった。

いつも兄弟や母親と歩いているのに、その日はぼくと一緒だったので余計目をひいたらしい。「誘拐」などとは思わないだろうが、毎日のように見ている商店街の人には奇異にも映ったのだろう。

L字型になっているなかなか魅力的な通りにお茶の店があり、そこの店番のおばさんはぼくのことも知っているようで、小海だけでなくぼくにも愛想よく笑いかけてきた。

「小海ちゃん、今日は誰と買い物にいくの？」そのおばさんが聞いた。

「ラクダさんと駅の本屋さんまで」

小海が快活に答える。

おばさんはラクダさんと聞いて「あれま？」というような顔をしてぼくの顔を見ている。

「いいわねえ。ラクダさんに本を買ってもらうの？」

「わかんない。ラクダさんだもの」

まったく家ではいつもいつもえばっているけれど案外社交的なんだ。面白い子だなあ。

ぼくには嬉しい午後だった。

旅へ、そして帰ってきて

この頃、長い期間の海外旅行が嫌になってきたのは、歳(とし)をとってきて十数時間もヒコーキにただもう座っているのが辛(つら)くなってきたことがひとつ。

若い頃は海外にいくヒコーキの中の時間も原稿を書いていたし、そういう時間を仕事のローテーションに入れていたくらいだった。

いまは原稿用紙にペンで文字を書かなくなってしまってひさしい。そうなるとドウブツの習性というのは退歩が早いもんで、もう揺れる乗り物のなかで文字を書くということがまるでできなくなってしまった。

ぼくはパソコンは使えず、イニシエのワープロというもので原稿を書いている。古いその機械はつまりは電気式タイプライターのようなもので、使いなれている六台目だかのやつはなんと重さ八キロもある。そういうものを新幹線やヒコーキに持ち込むのはたいへんだ。だいいち殆どのヒコーキには電源をとるコンセントがない。あのやわなテーブルの上にのせたら客室乗務員がすぐにとんでくるだろう。とんでいるのはヒコーキだけじゃないのだ。

と、まあそんなふうにグジグジ言っているうちに、移動中に何も仕事ができない、という事態になってしまい、長い期間の海外旅行をするには原稿仕事は事前にすませておく、というのが一番効率がいいということになった。そのぶん出発までに連日の締め切りでクタクタになってしまうのも、長い旅が嫌になってきた理由のひとつだろう。

ヒコーキのなかで食って飲んで酔ってしまう、というテもあるが、ビジネスクラスの客は食事の時間を楽しみにしているガイジンが多く、シャンパンに前菜からシメの強い蒸留酒にケーキなどというわけのわからないものまでのフルコースを一時間ぐらいかけて食っている客が多い。あれが面倒くさくて、ぼくは搭乗前に空港のレストランでなにか軽いものを肴にビールやウイスキーなどをガシガシ飲んでヒコーキの中の食事時間はもう寝ていることにしている。若い頃はぼくもヒコーキのあの食事は楽しみだったのに、ヒトは変わるものだ。

息子夫婦がサンフランシスコに住んでいる頃の、成田－サンフランシスコ便は楽しみだった。そのあたりからヒコーキの中では原稿仕事などというヤボなことはせず、映画をみるか本を読むか、サケを飲んだりして九時間をすごした。九時間というのはふたつにわけると四時間半だ。あたりまえだが。このはんぶんの四時間半をうつらうつら。残りの四時間半を「いろんなこと」にあてればすぐに着いてしまう。むこうの空港に着くと孫たちが顔をならべてニコニコしながら待っている。そういう時代はよかったなあ、などと思いながら、その日、ぼくは赤いトランク一個持って成田空港にむかった。

スカンジナビア航空のビジネスクラスに座って、コペンハーゲンまで十一時間半。長いよなあ。むかしあった外国旅行のワクワク感などというものはまるでない。

ヒコーキが飛び立つと睡眠薬を飲んで早くもリクライニングシートを寝台型に倒した。窓がわの席だからそうしても隣の席の人の迷惑にはならない。それで五時間ぐらい一直線に寝られればなあ、アイマスクをしてひそかにそれを願う。

コペンハーゲンのトランスファーは四時間待ち。そこでめあての「スモークサーモン」と「生ビール」を頼んだ。ノルウェー産のスモークサーモンはヘンに塩からくなく、日本のあのベニヤ板ぐらいしかない塩辛いだけのインチキスモークサーモンが見たらびっくりして風にヒラヒラ飛んでいってしまうような本場のそいつは厚みが二センチ以上はある。脂がのってマグロの中トロ感覚でうまいのなんの。ヒコーキのなかのインチキキャビアなど足元にも及ばない。それに生ビールだ。ヒコーキのなかにはなかったよな生ビール。

ここですっかりくつろいで、次のアイスランド行きの三時間をなんとかここちよく飛んだ。トランスファーをいれて日本から十八時間半。そうしてじいじいの「氷と火山の国のタンケン」がはじまったのだった。

アイスランドは日本の北海道と四国をあわせたくらいの面積の殆どに残雪や氷河をいただいた山岳地。北西にいくと深いフィヨルドの連続になる。人々は南のほうに集中して住んでおり、全人口わずか三十二万人。日本の地方都市でもこれよりもっと多いだろう。

ここへやってきたのはふたつの仕事のためだった。ひとつはここまでグジグジ書いてきたように長距離移動が面倒くさくなってもうやめていたテレビの海外長期ドキュメンタリーの撮影。それにともなって本業でもあるアイスランドについての写真と紀行文の本を書くこと。とくに本のテーマはこの国がある年、世界で一番シアワセ度の高い国になったことで、どこがどんなふうにシアワセになっているのか、自分の目で確かめたかったのだ。

その本を書く出版社がアドベンチャーもの、自然科学ものに強い「日経ナショナルジオグラフィック」というのも新鮮でよかった。

日本をよく知るアイスランド人のコーディネーターに最初に会ったとき、愚直にもまずそれを聞いた。

「自分の国、アイスランドのどこがどうシアワセと思うか」というようなことだった。でも自分でそう言って今のはオロカな質問だったなとすぐに気がついた。

「わからないよ、それは、住んでいるものにはね。日本だってとてもシアワセだとぼくは思うよ」日本に十七年間住んでいた彼は上手な日本語でそう言った。

でも、日本は今いろんな理由で年間三万人もの人が自殺している国だ。人口三十二万人のアイスランド人にあてはめたら十一年でこの国は誰も人がいなくなる。

コーディネーターは黙って両手をひろげてみせた。

三匹へお土産

旅はアイスランドのほぼ半分を回るルートからはじまった。そのあいだいろんな町に泊まった。ホルマヴィークという人口千人もいないような港町では不思議なサメをとっている漁師の一日に同行した。
五、六人乗りぐらいの小さな船でフィヨルドから二時間も沖に出る。北大西洋のフィヨルドはどこも雪をかぶり、風景そのものが冷たかった。

船は、北大西洋の沖に出てハエナワ漁の目印である大きな赤いブイに到達、そこにサメの餌であるアザラシのかなり大きな肉塊が等間隔に十個つながっていた。

ニシオンデンザメのニシは北大西洋の「西」である。体長四、五メートル、体重二百〜三百キロにもなるという。さらに大きなものは体長七メートルもあるそうだ。このサメは泳ぐ速度が平均時速一キロ、怪物サイズながら人間の歩く速度よりはるかに遅いということになる。

あとで実物を見たが、体の表面の質感は象そっくりながら、肉はぶよぶよで、ほぼ一〇〇パーセント、カイアシ類の寄生虫が目玉に寄生していて、目のまんなかから細い白い寄生虫の体が飛び出しているという面妖きわまりない奴だ。だからこのサメは目が見えない。しかもここらの海の生物のなかでもっともノロイ奴がどうやって餌をとっているのか老漁師に聞いた。餌はもっぱらアザラシだが、このあたりのアザラシはのんびりしていてしばしば海の表面にあおむけになって昼寝している。それを巨大な口でひと呑みにするのだという。

ぼくは若い頃にスクーバダイビングをやっていたので、外国で潜るときなどもっとも危険なサメについてかなりくわしく調べたことがあるが、こんなサメがいるなんてまったく知らなかった。

北の生物はしばしば愚鈍に巨大化するといわれているが、これもそういう進化をたどったのかもしれない。

漁師はこのサメを捕まえては発酵させ、それを海風で乾燥させてサメの漬物みたいなものを作っている。食べさせてもらったが、ややアンモニア臭いのを我慢すればサメのチーズみたいでウイスキーなどにあいそうだった。

漁の終わったあと、この漁師の自宅に招待され、家族と夕食をともにした。この国の家はみんな美しい建築デザインで、中の装飾などもとてもしゃれている。愛想のいい奥さんと息子夫婦。三人のチビはお孫さんだった。

高台にある家の大きな窓からはフィヨルドの海が一望できてまことにすばらしい。三人のお孫さんは、ちょうどぼくの孫と同じくらいの歳恰好だった。瞬間的に地球のほぼ反対側にいるぼくの三匹の孫たちのことを思いだす。

東京のごみごみした汚い町の狭い道を常にクルマが猛烈なスピードで走っているわが日常の風景とくらべると、ここはやはり「シアワセ」の世界だ、と瞬間的に思った。

ふるまわれた料理は釣ってきたばかりのサーモンを皮ごとフライにしたものだった。とりたてだからやわらかくて香ばしく、しみじみうまい。

ぼくは、この家族が日本についてどのくらいのことを知っているか質問した。孫の一人の年かさの男の子が「ヨーロッパではないよね」と言った。大人たちは黙って笑っていた。我々多くの日本人がアイスランドのことを殆ど知らないように、彼らもユーラシア大陸の端にへばりついているこの日本という国について殆ど知識がないようだった。

「こういう静かな町のとびきり景色のいいところで暮らしているのは、日本人から見るととても得られないほどのシアワセな生活に思えます」

デザートが出る頃、ぼくは言った。

「でも、住んでいる人が少ないので、住民がいまどこで何をしているかみんな知っているのがちょっとね」

漁師の奥さんはそれだけがやや不満そうだった。

旅はそんなふうにしていろいろな家族を訪ね、巨大な滝の縁や四百メートルの断崖の上に立ったり、火山の地下百二十メートルまで入り込んでいったりした。スリバチ型の火山ではなく、入り口になっている狭い火口からおりると、中は巨大なドームになっていてライトにいろんな岩石がキラキラ光るとてもファンタスティックな光景だった。

ぼくは天候については不思議なツキがある。一年のうち数えるほどしか頂上が見えることがない、という氷河の山の上までスノーモービルで行ったときは、初日はだめだったものの、翌日は見事な快晴になった。

下山する頃はまた厚い雲に閉ざされていたが、そんなふうにドキュメンタリーでやるべきことを消化していくと、毎日がけっこう多忙だった。

思いがけない発見は、ある海岸べりで巨大な石像のトロルと出会ったことである。あの屋根裏部屋で三匹の孫たちと開いた古い絵本『三びきのやぎのがらがらどん』は北欧三国とアイスランドでも有名で重要な〝お話〟だった。伝説で石になってしまったトロルは海岸べりで高さ十メートルほどの本当の石の巨人になっていた。

帰国する二日前に首都レイキャビックのホテルに着いて、一日休みとなった。

最近はどこへ行ってもお土産（みやげ）というのはめったに買っていかないが、この街を歩いていると子供の着ている服がみんなおしゃれなことに気がつき、スーベニアショップではなく、街の衣料品屋さんに行って子供の服をいろいろ見た。波太郎は小学五年生。クラスで一番背が高いし、この頃足がぐんと長くなったので年齢にあわせたヨーロッパサイズでいけそうだ。そこで雨や風に強そうな薄手のフィールドパーカーにした。小海はおしゃれなので好みが難しい。しかも波太郎とは逆に小柄だ。通っている小学校が山手線内にある私立なので、最近はその通学時のセーラー服姿しかみていない。大きさの手頃なデニムの上着にした。一番下の流はいかにもこのアイスランド的なデザインのTシャツにした。

胸のところに時計のようなモノが描いてあり、十二時のところが晴れマーク。一時が吹雪、二時が強風、三時は雲の中からまた太陽がさしている。アイスランドは一日のうちに一年の全ての天候がある、という変わりやすさをわかりやすく描いているのだ。しかし五歳の流にそれがわかるかどうか。

でもそれで買い物は終わった。お土産が衣類だと帰りの荷物が軽くてすむ。そうして予定どおりの日にまた十八時間半の飛行機旅の帰路についた。

こっちの手のほうがましだ

日本は一カ月もたっていないのに湿ってナマヌルイ春のおわりになっていた。朝方の到着だったが、時差の関係で一日分消失しており、体感時間と世の中の時間や風景との差がとてもヘンだ。湾岸道路から都心に入ってくると空も道路も非常に汚く見えた。人間がいっぱいひしめいているのが風景からわかってしまう。外国旅から帰るといつも感じることだが、風景だけでなく音の重奏も汚い。

首都高速道路のくねくねしたカーブを曲芸のように走り、やがて新宿の西にあるわが家に着いた。

　妻は朝のいろんな家事をしていた。

　近所に住む三匹の孫たちは当然ながらいつものように学校や幼稚園に行っている。ナニゴトもなくみんな元気でいるという。思えば旅のあいだ一度しか家に電話をしなかった。

　旅のあいだのみやげ話も若い頃のように息せき切ってあれやこれやを話すようなことはなくなった。

　日本の生活に順応するまでの短い時間に、旅先で出会ったこれまでの人生では見たことも味わったこともない食物の話などを断片的に思いだして話すくらいだ。けれどそんな話を落ちついてする間もなく、たまっている原稿仕事などの対応にたちまち巻き込まれてしまった。

　帰国して二日目に息子が早く帰ってこられる、というので、その日は我々夫婦と彼ら一家で、近所のお店になにか食べにいこう、というコトになった。

　どちらかの自宅でみんなで食事すると、たいてい誰か一人食事が始まっても台所に立っていなくてはならなかったりして、全員平等に顔をあわせてひとつの話を共有するということができないから、こういうときは外食のほうがいいのだ。

さいわい、ぼくたちが住んでいる住宅地を抜けると歩いて五分ぐらいのあたりから賑（にぎ）やかな商店街が駅までのゆるい坂道沿いに続き、いろいろな料理屋やレストランが並んでいる。

最近は中華、イタリアン、ガレット屋さんのどれかにいくことが多い。イタリアンはその界隈（かいわい）に妙に多く七、八店はある。ぼくと彼らの父親（ぼくの息子だが）に似て、三匹の孫たちはナガモノに目がない。つまりそばだのうどんだのスパゲティだ。ピザも好きなので、いろんなのをいっぱい食べよう、というときは必然的にイタリアンになる。イタリアンでいちばん気にいっている店は私鉄の駅を越えた隣街だから十分間ぐらいは歩く。小海はママが好きだからママと手をつなぐ。ここでちょっと話はソレルが、三匹の孫たちはそれぞれ母親の呼び方がちがう。長男は「おかあさん」と呼び、一番下の流は母親の名前そのものを呼び捨てにする。小海だけがママという。

そうしなさい、などとは誰もいってないから彼らなりの価値観で呼び方がそうなっているのだろう。いちばんチョコマカして無鉄砲で注意しなければいけない流と手をつなごうとすると、彼は自分からおばあちゃんの手を握って「こっちの手のほうがまだましだ」と言った。ぼくと手をつなぐよりも「まし」だ、と言っているのだ。理由はわからないが一カ月近く会っていないと言葉もタイドもいろいろ思わぬ変化がある。

大きな波太郎は一人で歩くが、彼は植物、とりわけ花が好きなので、歩きながら街のそういうものをぼくに説明してくれる。

なんとなく気がついてきていたが、しばらく会わないうちに彼の声の質が少し変わってきていた。まだ話している言葉の端々でしかないが「声がわり」がはじまりつつあるのだ。あとで彼らの母親にそのことを言ったら驚いていた。毎日顔を合わせていると気がつかない微妙な変化なのだろう。

ぼくは商店街を歩きながらずっとむかしのことを思いだしていた。

三合と半合

今回のように外国の長い旅から帰ってきた頃のことだ。あれは冬のシベリアを二カ月かけて横断してきた旅のときだった。

息子や娘はぼくが外国から帰ってくるのをお土産めあてに遅くまで起きて待っているのが通例だった。

そのとき息子の声がはっきり変わっていることに気がついた。少年から青年になっていくほんの少しの間の、成長変化の微妙なシルシだった。ぼくは彼のそれまでの少年声が、ときどきアヒルの声みたいになっているのが可笑しくて、しばらく笑っていたら怒りだしてしまった。波太郎の「声がわり」にはっきり気がついたとき、彼らの両親がどんな反応をするか楽しみだった。

そのレストランにはしばしば行っていたし、ちゃんと予約もしてあったので、食卓には子供用の食器などが揃えられていた。本人らはそのことを先刻理解していて、めいめい子供用の食卓に座る。波太郎には大人用の皿やナイフがおいてある。大人と違うのはワイングラスなどがないことだろう。

その店に行くともう注文するものはたいてい決まっているのだが、それでも孫たちはみんなメニューを見る。ぼくがこのくらいの年齢の頃も、それからぼくの子供たちがこのくらいの年齢のときもありえない風景だった。もっともむかしの時代は、子供はまずそのような店には行けなかった。

料理がくるあいだ大人たちと子供たち一緒の乾杯。三匹はライムジュースを飲んでいた。この頃、彼らのあいだで「一番おいしい」という結論が出たらしい。そういうことを真っ先におしえてくれるのは小海だった。

留守のあいだにあった運動会の話などがでた。波太郎は足が速く徒競走とリレーでトップになったらしい。本人は自分の話題がでるのが嫌そうだった。少年期特有のはにかみがあるのだ。小海が「ナントカ」という少女小説を通学の電車の行き帰りに読んでいる話。

「でも最近の新しい子は言葉づかい悪いんだ」

小海がいきなり言いだしたことを理解するのにしばらく時間がかかった。言っている意味がよくわからなかったのだ。

やがて彼女の言っている「最近の新しい子」とは同じ小学校に行っている一年生のことである、ということがわかった。ぼくの中では小海はまだ小学校一年生のままだったが、たしかこの春に進級し、二年生になっていたのだ。

小さな子の成長期というのはあっという間に二、三年経過してしまう、ということは自分が子育てをしている頃によくわかっていた筈だが、じいじい、という気楽な立場になるとそういうコトをたちまち忘れてしまう。

彼らの食欲もまたしばらく会わないうちにすさまじいことになっていた。それぞれが好みのスパゲティを食べ、大きなピザをぐんぐん食べていく。

「サラダをもっと食べないと」

祖母がいかにも言いそうなことを妻がさっきから言っているが、誰も反応しない。ずんずんガシガシ食べる。

という形容がぴったりだ。

「いま一回で何合ごはん炊いている?」

ぼくは聞いた。

「三合炊いていますが、この頃はそれでは足りなくなってきていて……」

彼らの母親が答える。

「うちはどのくらい炊いているんだっけ」

ぼくは妻に聞いた。

「朝だけ一合きっかり。でも半分残るわね」

そうか、ぼくが家にいるとき一日に食べるのは半合のごはんだったのか。イキオイが違うものなあ。

土星とカボチャ

帰国後は慌ただしかった。それらの多くは人と会ってサケを飲みつつ、仕事の話だったりまるでそうでもなかったり、少し仕事の話をしてあとは午前二時ぐらいまでオヤジ連中との些細(ささい)な賭け事に全力を注いでぐったりしていたり、というような、人生の充実感とはまるで遠い慌ただしさだった。

長い旅から帰ってきて、なんだか曜日や日にちに対する感覚が狂い、気持ちを集中できなくなっている、というところもあった。

ぼくはこれまで、時差ボケと船酔いはしない便利な体質だったのだが、今度はどうも世にいうところの時差ボケというやつかな、と思った。曜日を間違える。翌週の予定がまったくわかっていない。そういうことを仲間にいうと、それはなあ「時差」というコトバはいらない単なる「ボケでいいんじゃないか」などと失礼なことを言いやがる。それでもいつまでも〝ボケ〟をいいことにそこらをうろついているわけにはいかず、溜まっている仕事をしなければならなかった。

本業の小説執筆だ。何誌かに連載小説を書いているが、初めて挑んだジャンル。悪党しか出てこない、いわゆるピカレスク小説の連作を『文學界』という雑誌に、けっこう楽しんで書いていた。隔月で三年目。そしてその月に書くのは最終回だった。

予定では四十枚ぐらいだったが、フトッパラ編集長なのかもう諦めているのか基本的に枚数の制限はなかった。しかしすでに三百枚以上書いている筈なので最終回は長くても五十枚程度で終わらせたい。

ひとつのストーリーに沿ってそれまでちりばめてきたエピソードを関連づかせ、きっちりエンディングに持っていかなければならない。もともとぼくはかなりその場しのぎで連載小説などを強引に書いてしまう乱暴なモノカキだったが、珍しく今度の小説はプロットができていた。

寝られない夜更けにそれを書きはじめた。ぼくがこれだけ長きにわたってモノカキでいられるのは自分で言うのもナンだが、信じられないくらい集中力がある、というコトが大きいような気がする。

書きだしていくうちにこの集中力がアタマのどこかに現れてきて、原稿請け負いの援軍を得たようにぐんぐん筆がすすむ。

でも朝から書きはじめて夕方になると、新宿三丁目あたりの蠱惑（こわく）のあかい灯が脳裏にチラチラしてきて、ある程度の枚数が進んでいたら、キッパリ椅子から立ちあがり、タクシーを呼んで馴染（なじ）みの居酒屋に、それこそ誘蛾灯（ゆうがとう）におびきよせられる蛾虫のように飛んでいってしまう。

居酒屋まで自宅から十分。便利だが、この至近距離がイケナイのでもあるのだなあ、という自覚はいくらかある。これが片道五時間かかるんだったら居酒屋の近所に泊まらなければならないから若干の躊躇（ちゅうちょ）というものがうまれ、少しは生活タイドがちがってくるだろうに。

そういう数日を続けているうちにアメリカで暮らしている娘が帰ってきた。

ニューヨークの法律事務所に通訳として勤めているが、夜はロースクールに通っている。法律事務所に勤めているうちに、やはり弁護士にならないとダメだ、と思ったらしい。

前にも書いたが日本にかかわる事件があると彼女がアメリカの弁護士を数人連れて日本にやってくる。漢字の読み書きができるというのはこういうとき強いのだろう。今度の事件は京都方面の会社がからんでいるらしくまず関西空港にやってきた。当初そのまま帰国、という予定だったが、小さな里心がチラリとしたのか、弁護士団を関空からアメリカ行きのヒコーキにのせると、ちょっと無理をして彼女だけ東京経由で帰国する、というルートをとったらしい。

その一カ月前、ぼくがテレビドキュメンタリーの仕事でアイスランドに行っているあいだ、彼女は三日ほど休暇がとれるので首都のレイキャビックに行こうか、と言ってきた。ニューヨークから五時間もかからない、ということがわかったからだ。

異国で娘とワインなど一杯やる、というのもいいかな、と思ったけれど、果たしてロケが予定通りの日程でいくかわからない。我々が地方に移動してしまうとその国の路線バスといったらたいてい一日一本だからバスで追跡というのは大変だとわかり、そのプランは挫折した。それよりも関西から東京へ立ち寄って、わが家で彼女の弟夫婦や三匹のかいじゅうたちを含めてみんなで賑(にぎ)やかに食事したほうがいい。この家族パーティを口実にぼくは丸半日、難しいところにさしかかってきた小説執筆を一時お休みできる。

将来何を目指しているの？

帰ってくる日、妻は彼女の好きな「お煮しめ」と「さわらの西京漬け」「水茄子(みずなす)」などを中心にしたおかずを用意し、季節だからというので子供たちの好きなソーメンを作っていた。わが家のソーメンはネギ、生姜(しょうが)、タマゴヤキ、ミョウガ、アブラアゲ、紫蘇(しそ)の細切り、ニンジン、干し椎茸(しいたけ)、カボチャの煮物など沢山用意する。そしてぼくや妻はそれらをいれた自分のタレの中に一家のアルジ然として長年気にいっている薄味の梅干し一個をまるまるいれることにしている。

これは娘や息子を育てているときからの夏の楽しみ献立のひとつで、子供ら（子供だった頃のわが娘と息子）は「ソーメンパーティだあ」といってタイヘン喜んでいたものだ。この「長もの好き」というのはたぶん明確に遺伝しているようで、その日にぎやかにやってきた三匹の孫たちは「ソーメンパーティだあ」と歓声をあげていた。

ひさしぶりに、とりあえずぼくの直系家族が全員顔をあわせ、大人はワインで乾杯する。そこに三匹の元気なさわぎ声が加わるから、これはうるさくも楽しい時間だ。

アメリカ生まれの波太郎と小海は現在の「アメリカのねぇねぇ」の毎日の暮らしや、いまニューヨークではやっているおいしい甘いものの話などを聞きたがった。その質問大会がすむと娘は弟夫婦と、このチビたちのこれからの生き方、というような大人の話をチラチラはじめた。

「波太郎君は学校とか毎日の生活に目標をもっている？」

アメリカのねぇねぇは聞いた。

「ウーン、目標ねえ」

このあたり都会に住む多くの小学生がそうであるように彼も週に四回は私鉄を乗り継いで近くの街にある進学塾にかよいはじめていた。ぼくとしてはそんなコトまでしなくても、と思うのだが世代によって価値観はだいぶ違う。それに波太郎はびっくりするほどの読書好き、学習好きになっていた。

「将来何を目指しているの？　そう聞くのはまだ早いかな」

「うーん。ぼくは植物とか昆虫とか星とかまわりにある自然が好きだから、そういうことをまず勉強していきたいな」

「自然科学か、それは魅力的ね」ねぇねぇが嬉しそうに言う。

「波太郎君ぐらいのときは何かに集中しているとそれに関連してどんどんいろんな新しい興味が生まれてくるんだよね」

「うん、通学や塾への行き帰りに道端の草とか花なんかがけっこういろいろあってよく見ていると蔓なんか毎日どんどん伸びているんだ。まわりの人は気がついていないようなんだけどそういうのがぼくには面白いな」

その傍らではいつのまにか絵を描いていた下の二人がいきなりクレヨンとケシゴムの

とりあいのタタカイをはじめた。こいつらはお互いに全力でキーキー言いあうのでうるさいことこの上ない。妻は彼らをしずまらせる魔法のデザートの準備にかかりはじめた。ぼくはワインを飲みながらそういう風景をぼんやり楽しんでいる。仕事は休みだし、まあ、とりあえずみんな元気そうだからそういうことが嬉しい。

土星を見るひと

アメリカのねぇねぇが帰国した翌週の土曜日の夜に波太郎から電話があった。

「じいじい土星を見るか？」

「えっ？　どこでどうやって見るの？」

「ぼくんちの屋上だよ。天体望遠鏡」

「えっ、いつそんなもの買ってもらったの？」

「おとうさんが買ってくれた」

ぼくはしばし沈黙した。

ずっと昔、武蔵野に住んでいた頃、仕事で東京天文台（現在の国立天文台三鷹キャンパス）を取材したことがある。広い敷地にいくつかの大きなドームが夜空に屹立していて、そのなかで「土星」だけを三十五年間ずっと観測している天文学者を取材したのだ。

風の強い日で大きなドームが恐ろしいような音をたてていた。そうしてぼくはその夜、生まれてはじめて天体望遠鏡で土星を見たのだった。環（わ）が丁度わかりやすくこちら側に傾いていて、それは紛れもなく土星が冬の夜空を支配しているような光景だった。

ぼくがいきなり心を奪われたのは土星のまわりに幾つもの少しずつ大きさの違う小さな衛星が、土星の子供たちのようにしてほどよい距離でちらばり、じっと静止していることだった。まわりはドームをゆるがすような恐ろしいくらいの北風の音がするが、はるか離れた天空のそのあたりはそういう地球のやかましさとは関係なく、あくまでもひっそりと静止していた。

しんとしたなかで土星のまわりに小さな衛星が、小さいなりに威厳と悠久の存在感に満ちてじっと静止している風景は胸をうってうつくしかった。

このときの感動をぼくは翌月締め切りの小説誌に「土星を見るひと」というタイトルの短編にまとめ、それは後に同じ題名で単行本になった。

その夜、自宅に帰ると娘が目を泣きはらしたままこたつにいた。中学一年当時の「アメリカのねぇねぇ」である。

彼女が大切に飼っていた小さな柴犬（しばいぬ）が突然病気になり、寒さに震えながら、こたつの中で苦しんでいたのだ。宇宙の遠い時空間で静止している土星とそのまわりに静止している沢山の衛星。土星ファミリーたちの静かなたたずまいと、ほどなく死を迎えるだろう小さな犬の寂しい姿を交互に頭に浮かべながらぼくも辛い夜を寝た。


波太郎が、父親から天体望遠鏡を買ってもらったのにはいくつかの理由があった。親は「寝耳に水のようなことだった」というけれど、ぼくはそうなる経過はある程度予測できていた。波太郎は無類の本好きで、授業が終わりサッカーの部活を終えると図書室や自宅で常に本を読んでいた。それからコンピューターも、もともと英語圏に住んでいたので六歳ぐらいからグーグルなどをスイスイやるようになっていた。しかしぼくは、彼がどんな場所でも本を読んでいる、ということとパソコンに熱中しているのを見るたびに心配し注意していた。

「本はもっと明るいところで見なければ駄目だ。パソコンは防護メガネをかけるか時間を制限しないと」

じいじいのぼくがいくら言っても彼らの両親がそういう「目を使う環境」を本気で真剣に考えなければ効力はない。

そうしてある日、波太郎の視力検査が行われたときに、大きなきれいな目をした彼の視力は信じられないほど悪化しているのがわかったのだった。そこにきてようやく親たちは慌てたが、ぼくは「ほら見ろ！」と怒っていた。

視力は眼鏡（めがね）が必要なくらいに落ちていた。多分仮性近視だろうと思うのだが、波太郎はそれ以降、本を読むときは必ず椅子とテーブルと目にいい読書灯を絶対用意、ということになった。

天体望遠鏡は、そういう騒動の一環で、遠くを見るための道具として彼の父親が買ってきたのだ。

それを見てぼくは思いだしていた。波太郎の父親がちょうど波太郎ぐらいのときに、ぼくはかなり大きな反射式天体望遠鏡を買ってあげたのだ。それは、東京天文台で三十五年間ひたすら「土星」を見ている人の取材がきっかけだった。まだコンピューターなどでターゲットを見つけられない古いシステムだったが、息子は武蔵野の古い家のテラスで空のきれいな日に見事に土星をとらえていた。東京天文台で見たときとは環の角度がだいぶ変わっていたけれど、自分で土星をつかまえた、という自信に溢（あふ）れた息子と夜中にがっちり握手したのだった。

葉が二枚ウドンコ病

思いがけないかたちでそれと同じことが祖父、父親から波太郎につながって受け継がれている、ということが不思議だった。

東京天文台で三十五年間「土星」を観測していたあの天文学者は、もうその仕事を別の人に譲っている頃だろうけれど、その人の学者特有のおっとりして控えめな語り口はまだ耳にのこっている。

波太郎のとらえた土星を接眼レンズで覗（のぞ）きながら、ぼくはその話を波太郎に言った。言っているうちに梅雨の夜空はたちまち薄雲が出て我々の話は寸断された。

波太郎はその頃から家で本を読むときにいい読書灯を必ず使うようになった。コンピューターは全面禁止。この頃グーグルマップを覚えたばかりの次男の流も巻き添えをくって全面禁止。無念そうだった。

植物の好きな波太郎は自分の家のビルの前の玄関口と、それと隣接するガレージの左右にプランターをいくつも用意し、父親と一緒に街の花屋さんに行って植物の苗を何種類か買ってきた。日曜日の朝から二人は真っ黒な栄養のありそうな土をたっぷりいれ、何種類かの野菜を植えはじめた。

一番最初はズッキーニで、これが定着するとトマトを買ってきた。それからオクラとナスにキュウリとたて続けだった。キュウリは目に見えるくらいの早さで蔓を伸ばし、父親が買ってくれた菜園用の蔓を支える棒にからみついて上昇していた。なんといっても見事なのはナスだった。小さな株から四方八方に大きな葉を広げ、その真ん中あたりには早くも黄色いつぼみが膨らんでいた。

彼は学校の行き帰りにそれらの成長や変化を子細に調べ、害虫がいないか点検し、日当たりなどにも注意を払っていた。しかしまだ梅雨のさなかである。

水をやるよりも、過剰な水分に注意する必要があるようだった。たまに早起きしたぼくがゴミなど出すために通りにでると波太郎の姿がみえる。ぼくは近寄っていって、みんな元気に成長しているか聞いた。

「キュウリに花が咲いたんだけど葉が二枚ウドンコ病にやられてしまった」

波太郎は心配そうにそう言った。ウドンコ病などというものがあるなんて知らなかった。たぶん植物栽培図鑑などでひとつひとつの苗木を丁寧に調べているのだ。この子は本当に植物が好きなのだな、と改めて感心した。

そういえば彼がまだ二歳のときに初めて日本に一カ月ぐらいやってきたとき、ぼくの家の居間にたくさんある観葉樹の「葉」を指さしては「ハッパ！」と嬉しそうな声で言っていた。彼の初めての日本語が「ハッパ」なのだった。それから「ハッパ、チレイ（きれい）」という言葉に進んだ。アメリカの公園では大きな樹の下には「バンミ」という彼だけに見える木のコビトがいてそのことを電話でよく報告してくれた。人間の興味や関心はなんだかんだといってもちゃんとどこかでつながっていくのかもしれない、ということにぼくは少し感心していた。

ちっちゃい旅と『地底旅行』

早いものでアイスランドの旅のドキュメンタリーがもう完成し、月末の金曜日に放映されることになった。これまで三十年ぐらいのあいだに十本ぐらいの秘境を中心にした長編ドキュメンタリーに出たが、自分の出ている放送をライブで見る、というのはなんだか気恥ずかしく、ビデオを貰ってだいぶ経ってから一人でこっそり見る、なんていうことをしていたが、今回は三人の孫と一緒に見ることになったので気が楽だった。そうして難しい連載小説もあと少しを残してその日は執筆休みだ。妻も地方に行っていて帰りが遅くなるのでちょうどいい。

孫たちは全員ぼくの家に夕方ぐらいから集まってきてみんなで簡単な夕食を食べ、ぼくはもっぱらビールを飲んでいた。

やがて放送が始まった。彼らがぼくのそうした長尺のテレビドキュメンタリーを見るのは初めてのことである。

最初のうちはぼくが画面に出てくると「あっじいじいが出てきた」なんて騒いでいたけれど、だんだんぼくの旅の物語に入り込んでいったようで、ところどころで「あれはどんな臭いがした？」とか「あの中に入ると死んじゃうの？」などといった質問をするようになっていった。

放送は夜九時から十一時までと長かったがみんな最後まで見ていたので驚いた。とくにソファに寝ころがって見ていた五歳の流などは半分までもつかどうか、と思っていたのだがパッチリ目をあけて最後まで見ていた。

その日の新聞にぼくの番組の解説のようなものがけっこう大きな記事で出ていた。

テレビ局近くのホテルで五十人ぐらいの、こうした放送番組の専門記者などの前で「お話会」のようなものをやっていたのだ。よくある「記者会見」とまではシリアスでない、まあゆったりした話のサロンのようなものだった。

今回の番組はその局でやっていた合計五本のいずれも長い旅のドキュメンタリーシリ

ーズの最後になるものだったので、記者の中から「なぜこれでファイナルとなるのですか?」などという質問があった。

「ぼくはもうすぐ七十歳になるし、これまでのようにヘリコプターから海に飛び込んだりカヌーで激流を下ったり、馬で崖道をすっ飛ばしていく、なんていうリポビタンDのコマーシャルみたいなことをやっているときじゃないなあ、とやっと気がついたからです」と正直に答えた。

その局でのドキュメンタリーは「椎名誠のでっかい旅!」シリーズとなっていたので「これからは孫なんかとそこらの公園に行ってみんなで日あたりのいい斜面をころがるような〝ちっちゃい旅〟をめざしたいです」などということを冗談まじりで言っていたのだが、記事にはそのとおり出ていた。

でもよく考えると小さな子供たちところがって競争できるような広くて清潔であまりヒトのいない草の斜面などというのは、日本にはめったになくて、ぼくがこれからの夢として言っていたのはそれまで世界のいろんな国で見てきた、日本よりはるかに遠い世界の遠い記憶なのだった。

三人はその夜はぼくの家に泊まっていったが翌日は強い風をともなうドシャブリの雨だった。早朝、波太郎の姿が見えない。やがて外から声がした。彼は自分の野菜たちが心配で様子を見にいっていたのだった。ずぶ濡れの波太郎はカボチャの茎が二本折れてしまったんだ、と悲しげな顔で言った。

数日後、波太郎の家にいくと読書机の上にジュール・ヴェルヌの『地底旅行』が置いてあるのを見て小さな感慨を得た。あの日、みんなで見たじいのボーケンはそのヴェルヌの小説『地底旅行』の謎を追ったものであったからだ。

台風を飛び越えて

　ぼくは普通の勤め人のように朝から仕事にかかる。勤め人と違うのは通勤する時間がないから、朝飯がすむとすぐ原稿を書く。「朝飯」と「お仕事」が直結している。働き者なのである。それは昼まで続く。簡単な昼食をとったりとらなかったり、イキオイに乗っていれば何も食べずにそのまま遅い午後まで突っ走る。

　だからはじめからあまり堅い話ではなさそうだな、とわかる編集者との打ち合わせなどは仕事場や自宅ではなく、いきつけの居酒屋に行って、一日の仕事納めの気分にもなってビールぐらい飲みながらのほうがいい。

　その日は『東京人』という雑誌の取材があり、テーマはぴったり「ビール」についてだった。それでは取材場所はひとつしかないじゃないか、などと言いつつ新宿三丁目の、週に三日は行っている生ビールのうまい居酒屋にした。

その日のテーマがビールはどうしてうまいのか、なんてこれまで百万べん言ってきたような退屈な話ではなく、むしろ逆に「なにかの理由で飲めないとき、そして飲めたとき」というのを話の起点にしてほしい、というものだった。それなら新鮮なテーマだ。

居酒屋で編集者とカメラマンとまず乾杯したあと、少し考えて、そういうテーマに沿った自分の体験談をいくつか話した。

若い頃、ぼくはいろんな格闘技をやっていたのだが、大切な心の修練というのを置き忘れている今をうわまわる大バカ者で、さしたる理由もないのに街で知らないチンピラなどとよく殴りっこをした。ストリートファイトというやつで、たいてい決着はつかず痛い思いをするだけだった。

あるときたまたまその現場を見た人に警察へ通報され、ぼくは逮捕されて警察留置場にほうりこまれた。代用監獄という奴だ。ぼくの入ったところには先客が二名いて、一人はぼくと同じ歳ぐらいの自動車強盗。もう一人は十歳ぐらい上の詐欺師だった。

退屈で待ち構えていたような二人と「何してきた」「何やって入ってきた」という、まあ挨拶がわりのヒソヒソ話をし、そうしてアルマイト製のベコベコの弁当箱の麦飯を食いつつ三日の間、やや扇型になった房で寝起きし、四日目にバスで東京地検に連れていかれた。

地検には天井の高い地下ホールがあり、そこに手錠され、五人ずつ腰縄をつけられて並ぶ。あちこちの警察などから連れてこられたのが三百人ぐらいいるから待っている時間がけっこうある。手錠と腰縄で繋がれた五人は、誰かひとり小便がしたくなると横に繋がれた五人がそのままカニ這い歩行で便所にいって並ぶ。とくに小便したくない奴は並んで黙って立っている。おわるとまたカニ這い歩行で戻っていく。

いま思えば不思議でそれなりに貴重な体験だった。ぼくは単純犯罪（暴行）なので、そのあと五人繋ぎからはなされ、一人になって検事の取り調べにあい、罰金刑をうけた。この逮捕歴は犯罪人名簿に載る、といわれた。

午後三時ぐらいに釈放となった。

映画などではシャバにでるとカツドンを食いたくなるというが、ぼくは冷たいビールが飲みたかった。三日間一滴も飲んでいないのだ。でも地検のまわりには居酒屋なんかない。ビールがあるかどうかスレスレの喫茶店に入ってしまったが幸いビールがあった。

どうってことのない瓶ビールが出てきたが、ちゃんと冷えている。コップに注いで「釈放おめでとう」と一人で言った。しかしこれからけっこうな額の罰金を期日までにどう稼ぎどう払うか、という問題があったから冷静になると、そんなに「おめでとう」でもなかったのだ。それよりもあんなことでいきなり相手を殴ってしまったオノレのバカさかげんが身に染みた。ビールの酔いよりも早く身に染みた。

『東京人』の取材の翌日の打ち合わせは、新しい連載仕事についてだった。打ち合わせ相手が「立派」な小学館というので、こんなむかしの犯罪者を相手にしてくれるのだろうか、と一瞬ヒルンだが、具体的にはあの歴史のある『小学一年生』に連載小説を書かないか、という話だった。

先月まで『文學界』という純粋な小説雑誌でアルコールとドラッグをめぐるピカレスク小説の連作を書いていた。それが終わったばかりで、次は小学一年生、というのは神が何かをお試しになっているのか、と思ったものだ。

しかし編集者とさらに話をしていると、連載開始は来年の四月からである。

来年の四月というとわが孫のかいじゅう三匹の一番下の流くんが小学一年生になる年だった。

最初編集者に「子供向けの話を」と言われたとき、読者層のイメージがうまくつかめなかったのだが、そういうコトなら簡単ではないかと気がついた。

流の毎日を見ていればいいのだ。もっともあいつが、来年、いまの日本の平均的な小学一年生のココロやタイドになるのか、それを判断するには何かの方法でもっと視野を広げなければならない気もする。

でも、どちらにしても、その孫との関連性が見えたときに、急に書きたくなった。そういえば二十年以上むかし、講談社の小学校低学年向けのたしか「どうわがいっぱい」というシリーズの第一回目の単行本を書いたことがある。『なつのしっぽ』という動物を主人公にした童話だった。

自宅の前で喧嘩か

大型で非常に勢力の強い台風八号がどんどん北上してきていた。テレビや新聞の天気概況の図を見るとたしかにいままで見たこともないような勢力範囲をもっていて、予想進路を見るとなんだか不自然なくらい「右折」して、日本をそっくり縦断しそうなイキオイだった。数日するとぼくは釣りやキャンプを趣味とする仲間と、その大型台風が間もなく勢力の真下にとらえようとしている奄美大島に三泊四日の予定でいくつもりだった。

人数は十八人。それだけの数になると予約している飛行機や宿のこともあって、ちょっと目を逸らせられない状況になってきた。

まだ東京は梅雨があけきらず、毎日強弱のある、いかにも梅雨末期を思わせる雨が降っている。

波太郎君はガレージ入り口の左右で育てているカボチャやキュウリ、ズッキーニ、プチトマトなどに毎日水やりなどの世話をしている。いかにも育ち盛りの夏野菜は毎日あたらしい蔓(つる)を支え棒にまきつけずんずん音をたてるようにして成長している。

彼が学校から帰ってきて塾にいく途中の時間にそれらの野菜の枝葉を子細に観察し、霧吹きで湿らせ病気になるムシがついていないかを調べている姿は「いちず」でなかなかのものだった。

その様子を眺めていると背中のほうで「ラクダさーん」という声がした。

小海ちゃんだった。

ぼくにラクダさんとあだ名をつけたのは小海だが、それ以降はいままで使っていた「じいじい」という呼び方はしないようになっていた。まったく女の子というのは面白い。波太郎はぜんぜんそういう影響を受けないが、最近は流も小海の真似(まね)をして「ラクダさん」とぼくを呼ぶことが多くなってきた。やがてはじまる一年生向けの小説の登場人物たちの年齢はたぶん彼らくらいのものになるだろうから感覚のベースを作っておくのにちょうどいいようだ。

「小海ちゃんお帰り。暑いねえ」

ぼくはちゃんとそんな挨拶をしたが、このくらいの歳ごろ（八歳）の女の子はみんなそんなところがあるのか、あるいは小海がことさらそんな性格なのか、祖父のそういう挨拶にまったく反応せず、涼しい顔をして前を通りすぎる。

彼らの家はビルになっているので入り口の横に電子錠をあけるための解錠ボタンがある。ヨソの人にその番号を覚えられないように、と親に言われているらしく、そんな数字など先刻承知のぼくの前でもちゃんと片手を目隠しにしてボタンを押しているのがおかしかった。

「波太郎、台風がきたらそのプランターを全部ガレージの中にいれておいたほうがいいぞ」

「知っているよ。お父さんにもさんざん言われているんだから」

波太郎はそういうことを何度も言われるのが嫌いなようでちょっと反抗的な口調だった。

彼は全体の蔓の様子をみるために少し後ろむきにガレージの端のほうに歩いたようであった。そのとき坂の上のほうからいきなり威圧的なクルマのクラクションが大きく鳴らされた。そのいきなりの大きな音でかえって体のバランスが崩れてしまいそうだった。

中型のトラックだった。その道は普通自動車がどうにか二台すれちがえる幅がある。子供がちょっと道に出てきたとすれば反対側にゆっくりハンドルを切ればコトたりる距離関係だった。

許せないのはそのトラックが二十キロ規制の坂道をその倍ぐらいのスピードで轟然と下りてきたことだった。

運転している奴が窓をあけて何か文句をいいそうな顔をしている。三十代ぐらいの目つきのいやらしい奴だった。波太郎は道に出ていなかったし、あぶないのはそいつのほうだった。ぼくは瞬間的に頭をかっと熱くした。自分もこういう狭い道を運転するから、いつも細心の注意をはらってゆっくり走ることにしている。

なんという奴なんだ。

ぼくは立ち上がってガレージの外に出た。

運転手と目があう。

「こらあ!」

思わずぼくは言ってしまった。これまでのわが突発的なストリートファイトは、いつもこんな些細なことではじまり、六十年近く殴ったり殴られたりしてきたのだった。

こらあ、と言ってから内心「しまった」と思った。むかしならそいつがトラックを脇によせ、降りてきて「こらあ、とはなんじゃ」とかなんとか好戦的なことを言ってきたらこっちもガンガン接近し、たちまちガキみたいな喧嘩のはじまりだった。

しかし、ここでそんなことをはじめたら波太郎の目の前だ。どっちがどうなろうと、自宅の前でのシャモの喧嘩を見せるのはあまりにも軽率だ。しかもぼくはもう七十歳なのだ。とはいえ、喧嘩を知らないだろうこのくらいのガキとやりあってまだ負ける気はしなかった。こっちはまだ全身を鍛えているし、喧嘩は経験の数と「やりかた」がモノをいうのだ。

しかし状況を瞬間的に考え、ぼくはそこに立ったまま、ちょっと停車したかんじのトラックから絶対目をはなさなかったが、こちらから接近していくことはやめた。そやつは精神的にぼくより大人だったのだろう。やがて何をどう判断したのか、そのトラックは静かに走りだした。

背後のガレージをみると波太郎はなにかの野菜の葉の裏からピンセットで害虫らしきものを一心に取り除こうとしているようで、今の一瞬のあやういやりとりには気がついていないようだった。

やれやれ。ぼくは「じいじい」と言われるようになってもつくづく自分の制御のきかない、いまだに瞬間的に頭に血をのぼらせてしまう困った性癖に我ながら呆れていた。

まだこんなに一瞬にして抑えのきかなくなる「じいじい」であると、小さな子と一緒にいるのはかえって要らぬ厄介事を呼び込みそうで危険さえ感じる。

そういえば先月も、アメリカから娘がちょっとだけ帰国した夜の食事のときの話題にされた。

ずっとずっとむかし、娘や息子、それに妻と一緒にタクシーに乗ったりするとき、父親が怖くて仕方がなかった、と三人が口を揃えて言うのである。この場合の「父親」とはぼくのことである。

タクシーに乗るとぼくがいつその運転手と喧嘩をするかわからなかった、と三人は口を揃えて言うのだった。ぼくにはあまりそんな記憶も意識もなかったが、彼らがいまだにそう言ってぼくに抗議する背景を考えると、武蔵野に住んでいたその当時は、かなりガラの悪い、乱暴な口調やタイドの運転手がけっこういたことに関係するような気がする。その頃の武蔵野というとまだ田舎である。タクシー会社の社員教育もいまほどではなかったのだろう。タバコをくわえたままだったり、行き先を告げても返事さえしない運転手がけっこういた。

ぼくは必ず助手席に乗り、そういうフザケタ態度をとる運転手にまずはモノの言いかたから立ち向かった。四十代のストリートファイト現役の頃であるから、ぼくのその威圧的とも思えるタイドに運転手もぼくと同じくらいバカの場合、まってましたと過剰に反応していたのかもしれない。

「よく覚えていないけれどあの頃はソトにでるとお前たちを守ろう守ろう、という気持ちでいっぱいだったんだよ。だからそういう心理があんなふうに……」

妻と、二人の成人した子供にいきなりそんな大昔のことを抗議されてぼくは弁解した。

「でもあなたのそういう心理がかえってわたしたちを危険にさらす方向に働いたのよ」

妻がぴしゃりと言った。

娘がニューヨークに、息子がサンフランシスコに暮らしていた頃、距離の関係でサンフランシスコのほうに行くことが多かった。

サンフランシスコでは息子のクルマでいつも移動していた。その折々クルマ同士が交差点などで、ちょっとしたコトで「いさかい」になりそうな瞬間があった。アメリカでいさかいの片鱗(へんりん)でも起こすとすぐにパトカーがやってきて簡単にピストルをぬき、まずは警察署に連れていかれるようだ。

そのときぼくが感心したのは、非は同じ、というようなケースでも息子は笑顔で必ず「すまなかった」と先に言うことであった。そうすると先方もすぐに笑顔とやわらかいタイドになり、こともなく両者はすれ違っていく。息子はライト級のプロボクサーであった。プロにはシロウトのパンチなどみんな見えてしまうからまあ喧嘩となったら腹ばかり巨大にふくらませた殆(ほとん)どのアメリカ人に息子は勝てるだろう。

でも彼はなんのかんのいっても外国からきた青年として一人で生きていく過程でそんな無意味なオオゴトにしない大人の対応を身につけていったようだった。そういう息子の対応を滞在中いたるところでみて、父親としてある程度安心したり、自分のその年代の頃を思いだして再びぐったりしていた記憶がある。

あそこは手放さないよ

大型で勢力範囲の広い台風八号は、テレビなどが一日中をニュース番組に割いて、一大事というような口調で警戒を呼びかけていた。けれど東京地方にはさして大きな被害も与えないまま通りすぎていき、タイミングよく我々十八人の親父(おやじ)仲間は奄美大島に飛んだ。

この島にいくのはそれで五度目ぐらいだった。沖縄で映画を作っていたとき、奄美大島の本物の漁師にかなり重要な役で出演してもらい、そのためにやってくることが多かったのである。

奄美大島はけっこう大きく、空港から周囲の島への連絡船のでる古仁屋というところまでなんだかんだ買い物などしながら行くとクルマで三時間ぐらいかかる。今回はこの島でいちばん大きな街、名瀬で一泊していくことになっていた。

大きな台風が通り越していたのだから、島は台風一過のでっかい青空がひろがっているのだろう、という予想はまるではずれて、南島らしからぬ冷たい雨が濃淡をもって降り続いていた。

記憶の断片に「川沿いのうまいラーメン屋」というものがあって急速に懐かしさが増した。クルマを運転している仲間が、それらしきところを捜したがみつからない。

「こういうときはタクシー会社に行って聞くのが一番いいんですよね」

クルマの中の一人が言った。なるほどそのとおりで、くわしい情報が戻ってきた。

川沿いのうまいラーメン屋は七年前に、ここから三十分ほど離れたところに引っ越してしまったというのである。

なんだか尋ねあてたい人に、知らぬ間に逃げられてしまったような空虚感が残る。いつ来てもあまり変わらない、と思ったところも七年も来ていないと知らぬうちにけっこう変わっているのだ。

その晩は、やはり土地の人に「うまい」と聞いていた奄美料理の居酒屋に大勢で入り、もっぱら奄美の黒糖焼酎を飲んだ。

次の日は嘘のように朝からカーッと暑く、誰かがテレビのニュースで奄美地方が本日梅雨明け、と言ってました、と大手柄のようにして伝えてきた。みんな単純に快活な気分になり、古仁屋の港から目の前の加計呂麻島にむかった。カーフェリーだから四台のレンタカーとともに乗り込め、こまかい荷物を手渡し運搬する、という面倒はない。

目的の島につくと、もうそこは夏そのものだった。台風のために計画を断念したり変更したりする人が多くいたのか、アダンのしげみの中のテラスの多い民宿もすいていた。この宿には十年ぐらい前にやってきていて、そのときは島の取材だからこの宿のこともくわしく書いた。その雑誌を見てあれからけっこうお客が訪ねてくれるんですよ、と言って記憶にまだよく残っている宿の主人がよろこんでくれた。

我々は「怪しい雑魚釣り隊」という徒党を組んでかれこれ十年、外国を含めて毎月一回十〜十五人規模でキャンプ釣魚旅に出ている。

今回の狙いは大物が出ているというカンパチとカツオのなかで一番うまいスマガツオ（全部がトロといわれている）だった。

もちろん漁船でかなり沖まで出る。

「雑魚釣り隊」であるのだが、どうしてもだんだん狙うのは〝大物〟になっていく。到着したその日は翌日の準備がある。明日沖に出る船には六人しか乗れないから残り十二人は「陸っぱり」といって堤防や磯から魚を狙う。こういう場合はたいてい競争になる。夕食にはまだ三時間もあるけれど、太平洋にむかって大きなテラスが出ているので、そこへ各自適当に集まり、冷たいビールなど飲みだしていた。

梅雨は完全にあけて、東京よりもだいぶ早い夏空の下にいるのだ。

このここちよさを知らせたくて、みんないつものように元気でいるか、と自宅と息子ファミリーのところに電話した。

買い物に行っているのか自宅の電話には妻は出ず、続いてかけた電話で波太郎が「なーに」という少年特有のかったるそうな声で応答した。「おお、波太郎か。元気でいるか」

「まあね」

やっぱり活気のない返事のあとに波太郎は聞いた。

「そうだ。じいじいに聞きたかったんだけど、武蔵野の家と、北海道の家を売ってしまうの？」

「ん？」

と思った。武蔵野の家はもう空き家だから土地ごと処分するのは決めていたが、遠すぎていかなくなってしまった北海道の山の上にある別荘も、外国人相手の長期滞在型別荘みたいなものにしようかと思っている、とつい最近彼らの父親に話したことがある。

「ぼくはあの山の上の家が好きなんだ。植物や虫がいっぱいいるし……」

「そうか」ぼくは答えた。

「売らないよ。波太郎。あそこは手放さないよ」ぼくはすぐに考えを変えて慌てて波太郎に言った。

北の国へ

　その年の夏は暑かった。いつも、夏になるとそんなことを言っているような気もするが、やはりこの頃の夏はむかしの夏よりも凶悪に大気全体が熱気をはらみ、夜も昼も区別なく生きているモノ全部にモワモワからみついてイラつかせていたように思う。

　子供たちは夏休みになったが、都会の子はかわいそうだ。熱風であっても風が走り抜けていくような原っぱはないし、太陽の光が強くなればなるほど葉陰をくっきりさせる大樹もない。土がまるで露出していない道路は太陽の光をそっくり撥ね返し、地表の熱気の加勢をする。

　ぼくの住んでいる新宿の西側は住宅地であっても日中は人間も動物も動きまわるのをやめ、建物のなかでひっそり力なく呼吸だけしているように思えた。

　ぼくは仕事をする部屋を三階の自室から二階のリビングルームに変えた。そっちのほなれる。

うが広いぶん、クーラーをかけて天井扇風機を回しているとまだ少しは仕事をする気に

けれどそうして我慢して閉ざした部屋で人工的な冷気を頼りに同じような日々を繰り返していくのも次第に精神的に疲れてくる。いや、その前に体が暑さにやられてどんどん疲弊していくのがわかる。

八月になるのが待ち遠しかった。波太郎と北海道に行く計画をたてていたからだ。彼は五年生から進学塾にかようことになり、夏休みはそれを除くと十日間しかなかった。来年、六年生になると夏休み返上で受験勉強をしなければならないのだという。小学校からもう始まってしまう受験競争、というのを、なんと非人間的なことよ、とそれまで批判的に聞いていたが、それがもう自分の孫が係わる事態になっているのだ。

何もそこまでして、と勉強を少しもしてこなかったじいちゃんは思うのだが、彼らの両親が教師と相談して決めたことだというからこっちの出る幕ではない。

それだから波太郎は小学校最後の十日間の夏休みを期待に燃えて待っていたようだ。

行き先は北海道の小樽から三十分ほど海ぞいに走った山の上の家だった。そんなところに分不相応な家を建てたのは今から二十数年ほど前のこと。ぼくは四十代のおわりの頃で、いつか都会から逃れて北の国に引きこもろう、という夢を持っており、そのため

に、だいぶ前から土地を捜していたのだった。欲しかったのはつきなみな夢ながら海の見える場所だった。

北海道の友人に相談したところ、北海道というところは、自分の目で「ここだ」という土地を捜し、その土地の持ち主に交渉して買うのが一番てっとり早い方法だ、ということを教えてもらった。都会とちがってまだ開拓精神のようなものが生きている、ということなのだろうか。

その友人は自分の車を運転し、ぼくと一緒に土地捜しを手伝ってくれた。入っていける山道があるとどんどん登っていき、理想的な場所を捜し続けた。

二日目に手ごろな場所が見つかった。高さ五十メートルぐらいの小さな山の中腹だった。大きなクルミの木と栗(くり)の木が数本あり、南の斜面はサクランボの果樹林になっていた。山の中腹だから斜面である。そこを百坪ほど平らに削れば希望の場所になる。

地主はすぐ見つかった。地主というより正確には山の持ち主であり、そういう斜面の一部ではなく、山ごとでないと売れない、という、これまた北海道らしいスケールの大きな話がかえってきた。

こりゃ駄目だ、と即座に思ったが、ものは試しで聞いてみると、北海道のその程度の山は一度聞いただけでは理解できないくらい安かった。ここらではひとつの山、ふたつの山、というふうに勘定するのだという。まさしく「ひと山いくら」の世界なのだった。山主はぜひとも売りたがっているようだった。林業が成り立たなくなっている今、山をいくつ持っていてもどうしようもないのだろう、ということはこちらもわかった。

「ひと山そっくり買わないと、その中腹に家を建ててもどうやってそこまで上がっていくんですかい？」山主はそう言った。たしかにそこまで上がってくる道がないと家を建てることすらできない。

「ええい」と思って買ってしまった。山だけれど平地の勘定でいくと一万坪ほどであるという。家を建てるには百坪もあればいい、と当初思っていたが、そういうスペースをつくるには山を削ってタイラにする必要がある。さらにそこに登ってくるまでの道も必要だ。道といっても急な斜面だからウズ巻きのようにして山を登って高度をかせぐ形になる。いろいろ考えると山の中腹に家を建てるというのはタイヘンなことなのだ、ということがじわじわわかってきた。

ぼくはそういう諸問題はあまり考えず、その見晴らしのよさに頭がぼうっとしてしまい、数日の後に買う契約をしてしまった。

そのときまではそこを自分の〝終の住処〟にするつもりだったから悔いはなかった。しかしその悔いは後々いろいろ出てくる。

簡単にいうと苦労して建てたその家になかなか移住できなかった。冬の北海道の山の上の雪は半端ではない。きちんと管理しておかないと、山の上に家を建てたのはいいが雪にとざされて動きがとれなくなってしまう、ということも完成して間もない頃に気がついて「こりゃ大変なところなんだ」と慌てている、という始末だった。いきおい、五十代半ばになってもそこに移住する決心はつかずボヤボヤしているうちに、結局は時々行く別荘のような存在になってしまったのだ。でもその話はここではトバス。山など買うとそのあといろいろ手間や金がかかり、その維持もタイヘンなことになる、という痛い教訓を得ただけだった。

北だから海の色が濃いね

新千歳(しんちとせ)までの飛行機は十時三十分発だった。自宅からクルマで空港にむかう。少年の顔は夏の朝の、早くも強烈な太陽の下、期待でキッパリ輝いているように見えた。荷物はちょっと大きめのリュックサック。ぼくは着替えなどはもう北海道の家にいろいろ置いてあるので軽装で荷物も殆(ほとん)どなかった。

「天気がよくてよかったな。これなら確実に行けるよ」

いくらか緊張気味の波太郎にぼくは空港にむかう首都高速でクルマを運転しながら言った。南の海上に発生した台風十一号がかなりスピードをあげて北上してきていたので少し心配していたのだ。夏台風は足が速いというが本当だった。

夏休みであり、お盆休みも合わさっているのでいろんなところが混んでいた。そのことを心配して波太郎の父親は駐車場の予約をしておいてくれた。なるほど、ぼくはそういうコトに気がつかなかった。この期間は朝のそのくらいの時間から駐車場のゲートに長い行列ができ、そのコトに気がつかずにやってきて、なかなか進まない駐車場前のノロノロ行進と、どんどんせまりくる飛行機の出発時間の狭間で焦りまくる、といういまわしい記憶があった。自分の子供の旅を祖父にまかせる、というわけだから波太郎の父親はいろいろ考えてくれていたのだ。

我々は手荷物検査のやはり長い行列だけクリアすればよかった。飛行機の座席にすわってしまえばもうこっちのものだ。北海道のその家に行くときはいつも新千歳でレンタカーを借りることになる。しかし、ここもまた混乱状態で、いつも強固なストレスを受けるのだが、これも波太郎の父親の配慮で、小樽まで列車で行き、そこで借りる、という新手の技を考えてくれていたので、いつも感じるイライラ感は殆どなかった。彼はコンピューターをつかってこういう段取りをすべてぬかりなくやってくれていた。

おかげでまだ明るい午後に小樽を出発し、海が見える長いまっすぐの道路に入った。ここまでくるといつもホッとする。あとは余市の町に入り、これから十日間の我々の生活の食料などを買っていくことが重要だ。以前きたのは四年前だったので、冷蔵庫に入っている食料は全部廃棄すること、とぼくの妻から厳命されていた。調味料でもなんでもとりあえずすべて新しいものに換えたほうがいい、というお達しなので、ぼくは買い物リストの長い項目を書いたメモを持ってきていた。

町のほぼ中央に大きなスーパーがあり、たいていの買い物はそこですませることができる。とはいえ買うものはいっぱいあったのでぼくと波太郎は二つの買い物用カートを押してメモに書いてあるものを片っ端から買っていくことにした。メモに書いてあるとおりに買っていこうとしても、それらの商品が関連、連動して置いてあるわけではないので、こういうところでの買い物に慣れない祖父と孫はあっちこっち走り回って目的のものが手に入るとメモのその項目に鉛筆でバツ印をつけるようにしていった。買い物ということを普段殆どしないぼくはめあての商品がどういうエリアに置いてあるのかその見当をつけるのがなかなか難しかった。なんとか方向がわかると少年は素早く走って獲物を見つけてくる。買い揃えるのは調味料からはじまったが、いやはやその日からぼくと少年とであたらしい共同生活をはじめるような気分になった。でも考えてみればそのとおりなのだった。

二つの買い物カートは様々な品物で山となり、レジでの購入金額は三万円に近い数字になっていた。

それらをレンタカーに積み込むとあとは目的の家にまっしぐらだ。すぐにまた海沿いの道に入る。しばらく細長い海水浴場が続くのだが、沢山の人のパラソルやテントが並んでいた。

「落ちついたらおれたちも海に行こうな」

ぼくは助手席の少年に言う。

「うん、いいね。でも北だから海の色が濃いね」少年の心は弾んでいるようだった。

四年ぶりに見る余市の町の風景は基本的に大きく変わっていることはないようだったが、商店のシャッターが閉まっているのが目につく。それがお盆休みによるものなのか、この町にもいよいよ過疎化の波が押しよせてきているのか、そのあたりの見当がつかなかった。けれど夏のおそい午後の、北とはいえ強烈な太陽の下のその風景には、なんとなく全体にさびれ感のようなものがあった。それでも人口二万人。果樹園と漁業で成り立っている町だった。

小さな川にかかった橋をふたつ越えると、我々の家が見えてくる。ひとつの山の中腹に家を建てたのでその背後に山のてっぺんまでがみえる。てっぺんにはマムシがいるという話なので夏は避けて、雪の季節に一度行ったことがある。急斜面なのでスキーをはいて横に段々を切るようにして登った。木が多いので山の「てっぺん感」はなかったが、遠い雪景色は美しかった。

けれど、初めて冬にきたときは二メートル近い積雪になっていたので、親しくしている近所の人から事前に連絡を受けていた。

「雪んなかのクルマ運転はできるかい？」

まず最初はそういう心配だった。ぼくはこれまでいろんなところを旅していたので四輪駆動車の雪道運転は何度か経験していた。

「大丈夫だと思います」と言うと、

「それなら近くで最近大型の雪掻き車を買った人がいるので、その人に頼んで、こっちにくる日に私道の登り道の雪をのけてもらうように頼んでおくわ」

という返事だった。北海道の人は基本的に親切だし、町にあたらしい人がやってきて住むのを歓迎してくれる。

そうして木枯らしだけの東京から新千歳にいき、レンタカーのランドクルーザーで高速道路を小樽まできた。そこから先は一般道になるわけだが、高速道路とちがって道の左右に雪の高い壁ができていて二車線が一車線になっている。山の下までくると、近所の人が言ってくれたとおり家まで除雪してあったが、その私道は山にむかって螺旋(らせん)を描き二百メートルほど登っていくようになっている。

夏には感じなかったが、ランドクルーザーのギアをローにして、トルクを変えないようにしてゆっくり登っていかないと、途中でなにかの理由でスリップしてしまったりすると、スタックは間違いないような気がした。

これはえらいところに家を作ってしまったものだ、と初めて感じたときだった。

クルマは外に置いておくとあちこち凍結してしまうので地元の人のアドバイスで最初から母屋から離れたところに頑丈なガレージ小屋と二階に客用の寝室を作ってあった。ガレージにはヒーターがあってクルマのエンジン部分を夜中暖めておけるようになっている。

雪はその晩も降り続いた。そうして翌朝になって困ったことに気がついた。一晩で三十センチの新しい雪が積ってしまったのだ。ランドクルーザーで走行可能か試してみたが、三十センチとなるともう無理だった。また雪掻き車の出動を頼まなければ買い物にも行けない、ということがわかったのだ。ひどいときは町に小一時間もいて帰ってくると、また雪掻き車の出動を頼まなければならなかったりする。そういうことがわかってからこれは「好意」だけではやっていけない事態だ、ということに気がつき、互いに割り切って、一回の除雪でいくらいくら、とお礼の金額を払うように決めた。雪掻き車を買った人は、けっこう高いローンを組んでいたらしいので、これでアルバイトになる、と喜んでくれ、両者気兼ねなく連絡しあうようになった。

そんなことを思いだしながら、波太郎を隣にのせて、今は快適な半螺旋の夏草の繁る山道をあがっていく。家の横に生えているクルミの大きな木が三年前に落雷で二、三本の幹が割れてしまった、と聞いていたが真夏の緑の葉が濃くてどれがそれなのかよくわからなかった。

いい夜を過ごしているなあ

長く住んでいなかった家では最初にやることがいっぱいある。まず少年と一緒にスーパーで買ってきた食料を大きな冷蔵庫にいれる。ぼくが一番大切なのはビールであり、少年は最近どこかのメーカーのライムジュースが一番大切なものになっている。

掃除などは管理してくれている会社に頼んでおいたので快適な状態になっていた。

窓から町の海寄りのほぼ半分が俯瞰できき、その先に大きな湾が見える。

波太郎は五歳くらいのときにここに来ている。アメリカから帰国して間もない頃だった。そのときの記憶がいろいろあるという。

一段落すると、彼は家のまわりのひろい草と樹木の世界を歩きはじめた。これぞ東京にはない世界だ。いろんな夏の虫がいるらしい。身近な自然に興味のある波太郎は、めずらしい植物や、ありふれたバッタなどにどんどん夢中になっていった。思いついてスーパーで買った捕虫網が役立っているようだ。

午後もだいぶ遅い時間になってきているので、本日はもうクルマで出る必要はまったくない、ということを自分でアレコレ確認し、冷蔵庫からカキンと冷やしたビールを一缶だして、オープンデッキのベランダに出て陽ざしの中で飲んだ。

長さ十メートル、幅五メートルほどの「ベランダ」というよりはなにかの野外舞台みたいなものを設計者が考え、作ってくれていたので、ぼくはその舞台みたいなベランダで海を見ながらビールを飲んだりヒルネをしたりするのが好きだった。

「ああ。これでようやく本当の夏休みだあ……」

ぼくはかなり大きな独り言を言った。

家の周辺探索隊を続けている少年は、なにかあたらしいものを発見するたびにやはり大きな声でその報告をしている。少年にも本当の夏休みがやってきたのだ。

最初の晩は、ガレージの奥に何年か前に使った北海道ではどの家でもやるジンギスカンのコンロをみつけたので、それをベランダの端っこに置いた。そういうことにもなるだろうと思ってさっきスーパーで羊の肉を買ってきてある。本州では手に入らないブロック肉だ。ぼくは肉では羊が一番好きだ。

「今夜は焼き肉だ。羊だぞ。北海道の人はみんなこれをたべるんだ」

「フーン。いいね。外でヤキニクなんて」

肉のほかにカボチャとかナス、ジャガイモ、タマネギ、ズッキーニ、それにソーセージ類なども用意した。ガレージにはこういうコンロ料理に欠かせない炭や北海道独特の着火剤なども入っていた。何年前に使ったのかまるで記憶にないが、みんなちゃんと使えるようだった。

やはりガレージの奥の倉庫にあった丸テーブルや椅子などを並べ、火は最初にぼくが基本的な組み立てをして、あとは肉をうまく焼けるように炭をやわらかい火力にする係を波太郎にまかせた。

「やわらかい火ってどんなのかな?」

子供にこういうことを任せると張り切るのをぼくは知っていた。でも炭を扱うのは初めてだろうから、彼にはわからないことがいろいろある。

「あまり激しい炎をあげないで、網の上においた肉や野菜がほどよく焼けるくらい、という意味だよ。それにはいったん炭全体を赤く燃えさせる必要があるな」

「ふーん」

　少年は与えられた自分の仕事に集中していった。ぼくはビールを飲みつつ肉や野菜を用意していく。ベランダの北側全部に高さ一・五メートルほどの風避けの衝立が作られていて、そこに外部用のライトがいくつもついている。スイッチをいれると多くの夏の虫がそっちに集まっていくのだ。そういう仕掛けもこの家を作ってもらったとき建築設計の人に全部まかせたのだが、やはり実質的に土地をわかっている人のそういう発想に感心する。

　少年は「やわらかい火」づくりに苦労していたようだが、やがてコツをつかんだようだった。

「いいかんじだぞ」

「こういうの、北海道の人はいつもやっているのかな」

「やっている人が沢山いるよ。海岸なんかにいくとキャンプの人はほとんどジンギスカンだ。海岸に煙がいっぱい、いい匂いがいっぱい」

「ふーん。面白いものだね」

　肉や野菜が焼けるやわらかい火になるまで三十分ぐらいかかったけれど、それぐらいがちょうど夕食にはいい時間だった。

「さあ、もうどんどん食っていいぞ。こういうのは自分で網の上に置いたのは自分で食う、というのがキマリなんだ。いっぺんに沢山焼きたがる人が多いけれど、そうすると時間がたつとたいてい黒焦げの肉片が網のそこらにころがっていくようになるんだよ」

「ああ。そうかもしれないね。焼きたてを食べるのが一番おいしいもんね。じいじい、こういうのって楽しいね」

「いいだろう。じいじいはよく友達とキャンプに行っているの知っているだろう。この頃は海が多いけれど、自分たちで釣った魚を焚き火で焼いて食う。それが一番贅沢な夕食のような気がするな」

「縄文時代の人の住居跡には真ん中に炉のあとがあったんだよね」

　波太郎は、日本にやってきてから日本人の古い人の暮らしかたにとても興味をもっていた。

「むかしの人の生活は、火が中心だったからな。火を囲んで家族が集まっていろんな話をするのが最大の娯楽だったかもしれないもんな。テレビもないし」

「あたりまえじゃない」

いい夜を過ごしているなあ、とぼくは何本目かのビールの酔いのなかで満足していた。

黄金の夏休み

二日目は朝から風が強かった。曇天だったが、二階の窓からみる余市湾の全体が光って激しく動いている。それを最初に目にしたのは波太郎だった。

「じいじい、海が光っているよ」

家の横に数本並んでいる大きな栗(くり)の樹(き)の密集したあたりで小枝がはげしくうち騒いでいる。その先にサクランボ林からはなれて一本だけ孤立しているサクランボの大きな樹が全身をゆすっていて、光る海をバックに一人で踊っているようにみえるし、背後の山全体が風で唸(うな)っているようだ。新聞もテレビもないから正確にはわからなかったが、我々が東京を出るとき、まだ南にいた台風が、早くもこっちのほうまでやってきたのかもしれなかった。

状況を知っておくために波太郎の父親に電話した。彼は会社にむかっている途中か、もうオフィスにいる時間だった。すぐに電話が通じ、いまそっちに電話しようと思っていたところだ、と彼は言った。やはり台風十一号がまっすぐ本州を北上し、韋駄天のようにこっちのほうまでやってきているのだった。

「でもだいぶ勢力も弱まっているからそっちはそんなに心配することはないようだけどね。波太郎はどうしてる。満足してるかな」

「本人に代わろうか。すぐそばにいる」

そのまま携帯電話を波太郎に渡した。

父親の言っていることにしばらくうなずき、

「羊の肉がおいしい。今日は海が光って見えるよ」唐突に波太郎は言った。

それから少し会話があって「じゃあね。バイバイ」波太郎が言った。いつもの癖だけれど少年は電話を切るのも唐突だった。

「海が光って見えるのは沢山の波が重なって動いているからだよ。ああいうのを漁師は、沖でウサギが跳んでいる、と言ったりするんだよ」

「ふーん。海のうさぎかあ」

ぼくと波太郎はそれから階下のリビングに行った。

「あさめし、何がいい？」

「なんでも」

　昨日スーパーですぐ食べられる冷凍ものをいくつか買ってきてあるのを思いだした。いちばん手間がかからなくてけっこううまいのを考えた。二人ともめん類が好きだ。

「うどんはどうだ」

「うん、いいね。昨日買ったよね」

　鍋に熱い湯をわかし、そこに冷凍の讃岐うどんを三玉いれた。卵も豊富に買ってある。問題は讃岐の「うどん醤油」がないことだった。なんでもあるスーパーだが、そこまで南国の専門のものは用意されていないのを昨日確かめてあった。普通の醤油と北海道産の昆布醤油を買ってきてある。そのどっちかで代用できるだろう。

　冷凍うどんはすぐに茹であがり、ザルにいったんあける。それから手頃なドンブリをふたつテーブルの上において、三玉のうどんをほぼ等分にわける。波太郎のこの一年ほどの食欲といったらすさまじい。

　まだあつあつのそれに生卵を割り入れ、せっかく北海道だから注意深く昆布醤油を半円を描くようにかける。それでできあがりだ。

「うどんが熱いうちに全力でかきまわせ。全力だぞ」

「うどんに全力?」

「そうするとうどんが喜ぶんだ」

波太郎は少し笑った。

「あとは食うだけ」

ぼくは率先してそいつを食べはじめる。波太郎も遅れじ、の態勢になっている。

「あっ、うまいね。これ」

「うまいだろう。高松(たかまつ)の人は毎日これを食べないと生きていけないんだ。これは〝かまたま〟っていうんだよ。釜あげうどんにタマゴをかけてるからな。これにさらに山芋を擂(す)ってやまかけにするとまたぐんとうまくなる。それは〝かまたまやま〟というんだ」

「ああ、やまかけが加わるから」

「そうだ。覚えておくといいよ。高松に行ったらまず〝かまたまやま〟を食べる。人生で大事なことだからな」ぼくは適当なことを言っておいた。ぼくと波太郎はそれから互いに無言でずるずると全部食っていった。家のまわりで沢山の樹々の枝や葉が強い風でこすれる音がはっきり聞こえる。窓のむこうの海はまだ盛大に光っている。

その日の午後、ぼくは自分の部屋に行って、締め切りの迫っている週刊誌の原稿を書いていた。この家のＦＡＸは壊れているから原稿を送るために午後にはあのスーパーか

ＦＡＸのあるコンビニを捜しに町に行かねばならない。波太郎がベランダに出て風に揺れるあたりの風景をながめ、庭の草地におりてなにかを観察しているのがぼくの部屋から見えた。ぼくの仕事はいつもだいたい三時間あればかたづく。一時間ほど集中した。庭に波太郎の姿が見えないのに気がつき、少し体を動かすために波太郎を捜しに歩くと、彼はツマの部屋の本棚からミヒャエル・エンデの本をひっぱりだしベッドの上で読んでいた。

「お昼を食べにあとで町にいこう。原稿をＦＡＸで送らねばならないからね」

「うん、わかった」

相変わらず少年との会話は簡単でいい。

でも久しぶりの手書きの原稿だといつもと比べて調子が狂い、時間がかかって昼食は結局またスーパーで買っておいた冷凍のピラフになった。電子レンジで解凍し、コンソメスープを大きなカップに入れる。出かけるときにツマから少年の栄養バランスを考えて野菜類をたくさん用意してあげないと、とつよく言われていたのを思いだしたが、今は仕方がない。風はさらに強くなっているようだが、この家はとくに海風をまともに受けるので、ふもとはもう少し穏やかな筈(はず)だった。

結局、スーパーにいったのは午後三時すぎてからだった。最初の買い物で基本的な野菜はかなり買っておいたのだが、ツマの言葉を思いだし、葉野菜のサラダと、野菜だらけのカレーの材料を買った。

天体望遠鏡を持ってくればよかった

その夜、風はさらに強くなっていき、停電になる心配が出てきた。そうなるまえに懐中電灯を捜しておくことにした。そういうものを置いてありそうなところを捜しまわる。ガレージや地下室だ。型式は違うがふたつ見つかった。でもどちらも電池が抜かれていた。それは賢い処置だった。長い時間電池を入れたままにしておくと電解液が漏れて腐食をおこし、懐中電灯そのものが壊れてしまうことがある。ツマはそういうことをきちんとやる人だった。しかし次に電池を捜すことになる。そういう消耗品の置き場はだいたい見当がつくからそれもすぐに見つかった。単一から単四まで棒状にパッキングされたままの、たぶん五年ほど前には新品だったやつだ。でもちゃんと灯はついた。これで一安心。

波太郎はぼくの部屋のベッドに寝かせることにした。ぼくの部屋は三面がガラス窓になっているから風が家の周囲を吹き回っているのが音でわかるような気がする。背後の山の木が揺れる音は沢山の人の悲鳴のようにも聞こえる。夜中の街の灯が海みたいにひろがって昨夜よりもあちこち点滅が多いようにみえる。

「街の光がきれいだね。でもどうして昨日よりチカチカしているんだろう」

そんな風景をしばらく見ていた波太郎が聞いた。

「強い風が干渉して家の灯り（あか）や街灯やクルマのヘッドライトに影響を与えているんだろうなきっと」

「かんしょーって何？」

「風は空気が動いておきることだろう。今夜みたいにいたるところに強い風が走っていると空気の層に濃いところと薄いところができる。きっとその空気が点滅レンズのような働きをしているんだよ」

果たしてそれが正解なのかどうかわからなかったが、むかし読んだ外洋航海の本に海から見た街の灯がチカチカ見える理由にそんな説明がなされていたのをおぼろに覚えていた。短い会話が終わると激しい風の音のなかでぼくは別のちょっと長めの原稿仕事をし、少年は本を読んだ。

十時少し前に少年の父親から電話があった。東京で台風情報を詳しく調べたところ、そっちは朝までには影響がなくなる筈だ、と知らせてくれた。波太郎が起きていることをおしえ、双方でまた少し話をさせた。

「いろんな珍しいものがあって面白いよ。今日はシャコを食べた」親子の電話のやりとりは相変わらず断片的のようだった。

その日の夜のごはんは野菜カレーをやめて、この町にくると必ずいく街道沿いの魚屋さんで買ったシャコとヒラメの刺し身がおかずになった。その魚屋さんの主人とぼくはとても親しい。初めてこの町に来たとき、昔ながらの独立した魚屋さんが十一軒もあるのに驚いたものだ。もっとも二十年のうちにそのうちの半数はなくなってしまったが、でも町の人は魚はスーパーなどではなくそういう専門の魚屋さんで買う人が多いようだった。漁港がありもっとも早く新鮮な魚が並ぶのがそういう町の魚屋さんだった。

「そうか、あのシャコそんなにうまかったのか」

「うん。タマゴがついているところがとくにおいしかった」

食事のとき、波太郎は黙々と食べていたのだが、それは彼にとっておいしい、という意味だったのだ。彼は歳にしては静かな少年だった。

波太郎の父親からもう一度電話があり、次男の流が「波太郎はどこにいるのか」と毎日のように聞くのであさってそっちに流も連れていきたいんだけれど対応できるかなと聞いてきた。彼はいま手が放せない仕事があって流を送りとどけたらすぐ東京に帰ると言う。

波太郎の弟、流は五歳。仲のいい兄弟だから、ぼくにとっては二人揃（そろ）ったほうが何かと好都合な話だった。いつでもいいよ、とぼくは答えた。

「じゃ、そうする。流も満足すると思う。小樽で引き渡していいかな」

十日間の夏休みはまだはじまったばかりだった。「小海はいいの？」

「彼女はサマースクールがはじまっている。あっちはあっちで楽しそうだから大丈夫」

電話が終わると波太郎は風呂の時間だ。サウナつきの天井の高い、いささか高級すぎる風呂を作ってしまったのだ。二階の天井まで吹き抜けになっている。風呂にはいっているときに停電になってはまずいので、風呂場の脱衣室に工事用探照灯みたいなひときわでっかいライトをおいておいた。

「星を見ながら湯に入るといいよ」

「うん、いいね」

少年はこの山の上の星々の多さに驚き、天体望遠鏡を持ってくればよかった、としきりに悔やんでいたのだ。

殿様バッタだあ

三匹の孫のうち一番下の流は簡単に言うと絵に描いたようなワンパク小僧だった。

ぼくと波太郎はクルマで小樽まで流の引き取りに向かった。小樽は観光客の街であり、客を見下すような勘違い寿司屋が何軒かあるので有名だった。二十年のあいだ、小樽までときおりやってきたぼくは一度マンガのように無意味にえばっている親父（おやじ）のいる寿司屋に入ってしまったことがある。小樽の寿司屋はどこもうまいが、あれは具にする魚がうまいのであって寿司屋の腕はみんなどうってことないのだ。苦虫かみつぶしたような勘違い店主に怒られて喜んでいる観光客もバカなんだと思った。ほんとうになにかが倒錯した印象の街だったからこんな迎えの用でもないと行かない。ぼくと波太郎は入場券を買って彼らのやってくるホームに向かった。

ほんの数日見ないうちにますますナマイキな顔になった流はこの頃肌身離さず持ち歩いているディズニーランドで買ってもらった海賊の銃で、迎えに行ったぼくと波太郎をまず「バーン！」と撃って最初にコロしてくれた。

慌ただしい彼らの父親は次の上（のぼ）りで引き返すと言うので、こういう雑踏にいつまでもいるのも芸のない話だからぼくと兄弟はサッサと駐車場のほうにむかった。二人は途中一回だけ父親のほうに手を振ったようだった。

小樽から余市までクルマで三十分あまり。流ははりきりすぎて少し疲れているようで、先ほど我々を「バーン」といって一撃でコロしたわりには後部座席でぐったりしていた。

「そうだ。流はクルマ酔いするから」波太郎が低い声で言った。そのことに気づきカーブをゆったり曲がるように注意して運転した。

流が余市に最初きたのはゼロ歳の頃だったから記憶はまったくない筈だった。トンネルをいくつかくぐり、ついに蒼い海が見えてきたそのあたりが、一番いい風景なのだが、後部座席を見ると流はシートベルトにからまるようにしてぐっすり寝入っていた。

さあこれからこの兄弟を抱えてじいじいはどんなふうに彼らに楽しい夏休みをプレゼントできるだろうか。

今日も朝からカキッと晴れあがり、早くも沢山の海水浴客がテントやタープで浜辺の陣とりをしているのを横目に見て、まずは「ひるめし」だな、ということを考える。

「流が一番好きな食い物はなんだっけ」

ぼくは隣の席の波太郎に聞く。

「やきそば。やきうどんでもいいよ。それに目玉焼きをのせたやつ。あとは肉。肉はどんどん食べるよ。どんな料理でも」

たしかに彼はそうだった。

初めてと言ってもいい、山の上の家やそこから見える雄大な風景をわが一族では日下のところいちばん小さくて元気な五歳のチビがどう受け止めるか、ということが最初の興味だったけれど、そんな反応のカケラもヘチマもなく、やつは家の中に入って冷蔵庫をさっさとあけると冷たい水のボトルを見つけ出し、喉をならしてそれをのむと、家の台所の入り口から大きなベランダがつながっているのを発見し、大人用のサンダルをつっかけるとバタバタとまずはその上に出ていった。

「わあ！」とチビすけが大きな声を出した。「バッタがいる。大きいバッタだ。殿様バッタだあ。ナミー、捕まえよう」

ぼんやり居間でその様子を見ていた波太郎が、いったん玄関にまわって自分のサンダルをとりに行った。

「波太郎、そこにある流の靴も持っていきな」ぼくが素早く言う。波太郎はそれからの展開を読んでいて、庭にほうり投げてあった捕虫網をもち、外からベランダのほうに急いだ。弟の流がきて彼も嬉しそうだ。それからあとはこの仲のいい兄弟のやるままにしておけばいい。

　ぼくはまだ自分の仕事に入る気にならず、とりあえず遅い時間のひるめしのことを考えることにした。でもその前に忘れていたことがあった。帽子だ。キッチンテーブルの上に流の野球帽がある。こいつをかぶせておかないといけない。波太郎のほうは少しヨレてツバの短い帽子をちゃんとかぶっている。流の野球帽をもって外を見回したが二人の姿は見えなかった。虫捜し探検隊は家の裏手かサクランボ林のほうに探索の場を広げているのだろう。

　日帰りの届け人（彼らの父親のこと）はたいへんだったけれど、これから二人の息子の黄金の夏休みがはじまったのだ。

　ここは傾斜は多いけれど広大な私有地だから、知らないクルマは入ってこないし、ヒトさえも用がないとあがってこられない。やはりこの家は子供たちにとって「夢のような山の上の家」だったのだ。

　一度は外国人むけの貸し別荘にしようかと思ったけれど、それを聞いていた波太郎の、やや不安そうな質問と希望があってよかった。ぼく自身の、山の上の隠遁（いんとん）生活の夢作戦はもうかなえられないだろうが、孫たちにそっくり残してやる、というもっとスケールのある夢が生まれてきた。無意識ながら彼らはいまそんなヨロコビを全身で受け止めているのだろう。しばらくすると家の裏のほうに行っていた兄弟は両手にいっぱいまだ若くて緑色をしているクルミの実をたくさんとってきた。そのあたりいちめんに落ちていたのだと言う。あの嵐のしわざだろう。

一日が全部大事だ

その日の夜は前にもまして俄然賑やかになった。なにもかも珍しいこともあってだろう。流はいろんなことを喋る。

「バッタをいっぱいとった」ナミはキノコの研究をしていた。

「毒キノコを捜していたんだ」

「明日はいよいよ海につれていってやるよ。こっちの人みたいに海でバーベキューだ」

ぼくは大宣言のようにして言った。

「イエーイ!」

嵐が去ってしまってからは毎日申し訳ないくらいよく晴れていた。

夜は流をぼくのベッドの上に、寝相の悪い流がおちてきてもなんとかなるようにその下にぼくが寝て、その隣の布団に波太郎が寝るようにした。そしてその日の夜から、彼らが寝入るまで「お話」をしてやることにした。お話といってもぼくが勝手に思いつきで話す「不思議の国の旅人」の話だ。他愛のないその場しのぎの作り話だが二人が熱心に聞いているのに驚いた。北の山の上は風がないととても静かなのだ。時々裏の山のほうで夜の鳥の鳴く声が聞こえる。

兄弟の日課はだいたい決まってきた。一日が全部大事だ、と言って波太郎はあたりが明るくなるともう起きだしていた。流は毎日昼の間めいっぱい激しく動いているから兄よりもずっと寝坊である。

ぼくは流がきてから朝食はちゃんとご飯を炊き、味噌汁を作ることにしていたから波太郎と同じぐらいの時間に起きていた。

真正面から朝日の差し込んでくるキッチンテーブルでじいじいと孫二人が向かいあって朝食をとる。おかずはハムエッグとかコロッケ煮などぼくのできる範囲のものだ。

それがすむと二人の午前中の日課は庭の探索だ。流が捕虫網を持って先頭にたち、波太郎はやはりキノコ捜しだ。流のために昨日、スーパーに行って虫籠を買ってきたばかりだ。いまどきそんなものがあるのかどうかわからなかったが、ちゃんとあって感心した。

ただし、クルミの木があるところをぼくが一人で歩いていると一メートルぐらいの蛇が見事にくねって木の根元のほうに進んでいくのを見たので裏にいくことは禁止した。青大将で毒はなさそうだったが、その上の山のほうにはマムシがいるというから用心したほうがいい。

流は何種類かのバッタやコオロギをいっぱいつかまえてきたので虫籠のなかにキュウリやトマトを餌にいれるといいよ、とぼくは教えてあげた。その食餌行動を見るのが流は面白くて仕方がないようだった。

夜は、またぼくの連続作り話だ。二人とも熱心に聞いていて、ときどき話がつながっていないことを波太郎に指摘される。

「いいなあ、毎日、学校へ行かないで虫とキノコ調べして海に行って暮らしたいなあ」

翌朝、まだ流が寝ているときに波太郎はかなり真剣な顔でぼくにそう言った。

あとがき

気がついたらまた臆面もなく孫話を書いていた。粗製濫造作家のぼくはモノカキになって三十五年。この二月で二百五十二冊ほどの本を書いているようだ。——ようだ、というのは自宅にはそれらの本は全部揃(そろ)っていない。モノカキになった初期の頃、七、八年ぐらいまでは書いた本は最低一冊は自宅の本棚につっこんでおいたが、これだけの数になると、いつのまにかどこかに消えてしまう本がある。

まあいつかどこからか出てくるだろうと思っているうちに三十五年。姿を消した本は消えたままのほうが多かった。これではよくないです、とぼくのアシスタントが言い、二〇一四年にそれらの本を全部集めて揃えてみよう、ということになった。

苦労したらしいがどうしても見つからない本はアマゾンで買ったりして、今はとにかく最低一冊は事務所の本棚に入っているようだ。

そのおりにスタッフがそれらの本の分類をしてくれた。書いているのは小説、エッセイを中心にしたものになるが、小説は百五十冊ぐらいだった。大きく二系統のジャンルにわかれていて、小説の本道である私小説系のものと、ぼくが勝手に超常小説と呼称しているジャンルだ。これは一般的にはSFといえばわかりやすいのだろうがぼくのは必ずしもそのジャンルに入りきらないような気がするのだ。

週刊誌などに二十年以上連載していたこともあってエッセイなどは売るほどある（意味がちと違いますな）。世界あちこちの辺境タンケン記、普通の旅行記。案外多いのが写真がらみの本。写真集にしては文章がやたら多い、というやつだ。まあ結果的にいうと好きなように書かせてもらってきたらこうなってしまった、というわけである。だから扱い品目の多い作家ともいわれる。ん？ コンビニ作家？

本書は、ぼくにとってはまことに自由な気分で書ける、ワタクシ小説のようなエッセイのような、ある一時期の日頃の出来事を気のむくまま綴っていったものである。

話の主人公らはぼくの三人の孫である。

じいちゃんが書くには、孫というのは視界にいると必ず何かしらの騒動をおこしてくれるのでハナシの題材に困らない存在で、親はたいへんだろうが書くほうとしてはたいへん便利なのである。今回は、それが中心であるから、球がいつもストライクゾーンにまっすぐくるような書き方ができた。

自分の子供よりも孫のほうが可愛い、とよくいうが、これは本当で、やはりどこか客観的に彼らを見ていることができるから気持ちの負担はあまりなく、つまりはストレスのない登場人物たちなのだろう。

ぼくは三十代の新米親父の頃と作家デビューの時代が重なっており、その頃ぼくのまわりをウロチョロして必ずなにかしらのいたずら事件をおこしていた長男のことを書いていたらそれは自然に本になってしまった。

『岳物語』（集英社）がそれだ。これはなんとなくシリーズみたいになり、その岳君がアメリカに十七年間いたときに結婚してできたのが本書に出てくる三人の孫たちだ。

数年前にそいつらがファミリーで日本に帰ってきたものだからじいちゃんの目の前にはまたまた黙っていてもいろんなモノガタリが勝手に展開するようになった。

その最初の本が『三匹のかいじゅう』（集英社）である。

こいつらのやることなすことを書いていくとやや大仰になるが、その背景に、現代日本に生きていくとはどういうことか、ということがだんだん見えてきたりする。

じいちゃんにはいい遊び相手になるから、この三匹のかいじゅうは、息子夫婦からプレゼントされた「楽しい動くおもしろおもちゃ」のような気もする。

だからこのエッセイの連載時のタイトルは「じいじいのヨロコビ」という臆面もないものだった。しかし途中でぼくは間違えたかな、と思った。「じじバカのヨロコビ」だったな、と思ったのだ。

本にするにあたって編集者が『孫物語』にしましょう、と言ってきた。『岳物語』に似ているな、と思ったが、それは長い年月を経てこしらえられた大きな「生きる輪」ということであるのかもしれないなあ、と今は納得し、なるようにまかせている。

二〇一五年　春

椎名じいじい誠

解　説

吉田伸子

椎名さんはいつも日に焼けていた。

私が本の雑誌社に出入りするようになったのは、大学二年生の頃からで（本の雑誌社史的に言うならば、私は「地獄の大募集」の生き残り組だった）、卒業後二年間編集プロダクションで働いたのち、「本の雑誌」の編集者として足掛け十一年間勤めたのだけど、その間、椎名さんは、いつもいつも真っ黒だった。椎名さんは、本の雑誌の編集長でもあったが、執筆者でもあったので、毎月毎月、椎名さんの原稿の締切を設定するために、〝そもそも椎名さんはどこにいるのか〟の確認から始めた日々を、今でも鮮明に覚えている。

私がいっとう最初に椎名さんと出会ったのは、一九八一年だったろうか。本の雑誌社が信濃町（しなのまち）にあった頃で、椎名さんはまだストアーズ社で「ストアーズレポート」の編集長と作家の二足のわらじだったか、筆一本になっていたのだったか。当時の椎名さんは、売れっ子物書きとしての坂道をブルドーザーのようにがしがし登っていたので、編集部に顔を出す時間はごく限られていて、文字通り、疾風（はやて）のように現れて、疾風のように去って行く、月光仮面のような人だった。

今や、家族（私）小説の金字塔の感すらある『岳（がく）物語』が書かれたのは一九八五年。この『岳物語』によって、椎名さんと息子の岳くんは〃日本で一番有名な父息子〃になった。椎名さんと岳くん、だけではない。椎名さんの奥さんの一枝（いちえ）さんも、娘の葉（よう）ちゃんも、要するに、椎名さん一家は、〃幸せな日本の家族〃の代表のようだった。『岳物語』で描かれた、椎名さんちの子育ての、のびのびとしたしなやかさは、親はかくありたい、の見本のようでもあり、こんな風な家庭でありたい、のお手本のようでもあったからだ。

とはいえ、当たり前のことだけれど、子どもは成長する。そもそもの初めから、葉ちゃんは自分のことを書かないで、と椎名さんに伝えていたし（ここが女の子の賢さだなぁ、と思う）、岳くんも思春期を迎えて、もう自分のことは書かないでくれ、と椎名さんに申し入れ、以来、椎名さんの私小説から家族の気配は薄れていった。それが、岳くんが結婚して、お孫さんが出来てから、再び椎名さんの私小説に家族が戻ってきた。今度は、子ども世代ではなく、孫世代、である。

本書は、『三匹のかいじゅう』に続く、じいじいシーナと孫たちの日々を描くエッセイ集である。タイトルはずばり『孫物語』。『岳物語』から『孫物語』の間には、三十年！　という月日があり、そのことにただただ驚いてしまう。

あれから葉ちゃんは日本の大学を卒業してすぐにニューヨークへ渡り、岳くんもまた十九歳でサンフランシスコの芸術大学へと進んだ。葉ちゃんは今ではニューヨーク州とニュージャージー州の弁護士で、それがどんなにすごいことなのか。日本で弁護士になるのでさえ、ただならない労苦を要するのに、アメリカ！　しかもニューヨーク州で！　葉ちゃんが大学を卒業するにあたり、椎名さんの口添えがあれば、出版社なりテレビ局なりに就職することは可能だったはずだ。にもかかわらず、日本を飛び出したところに、葉ちゃんの賢さと覚悟がある、と思う。日本にいると、「椎名誠の娘」というのは恩恵であると同時に呪縛でもあることを、葉ちゃんは分かっていたのだろう。

同様に、東海岸へ渡った葉ちゃんと、地理的には反対ではあるものの、同じくアメリカの西海岸へと渡った岳くんも、また、椎名さんの息子であること、『岳物語』の岳くんであることから、遠ざかりたかったのだと思う。岳くんは通っていた芸術大学の同級生と結婚。やがて、長男の波太郎（なみたろう）くんが生まれ、長女の小海（こうみ）ちゃんが生まれる。

波太郎くんと小海ちゃんはアメリカ生まれだが、次男の流（りゅう）くんは日本生まれだ。流くんの出産を控えて、岳くん一家が帰国した時のことは、『三匹のかいじゅう』に詳しい。妻である一枝さんと二人暮らしの静かで穏やかな時間は、岳くん一家が加わることで再びにぎやかなものになった。

『三匹のかいじゅう』のなかで、私がぐっときたのは、椎名さんが琉太（りゅうた）くん（本書の流くん）を公園に連れて行った時のエピソードだ。これが、しみじみといいのだ。

「お孫さんですか？」

その人は穏やかな口調で言った。

「ええ。三匹いる一番下なんです」

「そうですか。孫というのは神サマみたいなものですよねえ」

さわさわと、本当にここちのいい風の吹いてくる春そのものの午後だった。

椎名さんに話しかけてきた、見知らぬおじいさんのこの言葉――孫というのは神サマみたいなもの――が、『三匹のかいじゅう』はもちろん、本書の底にも流れている。それは、本書の冒頭を読んでも分かる。初孫である波太郎くんの誕生の知らせを、椎名さんは南米の空の下で受け取る。それは厳しい嵐がやってくる前日のことで、それまでは多少荒天であっても、奥地に向かう小型飛行機が飛んで欲しいと思っていたのに、孫誕生を知った途端、椎名さんは思う。「無理して飛び出して墜落なんかしないでくれ」と。

それまではパタゴニアに来たならば「いつ何がおきるかわからない」と言われていたので当然こっちもいつどういう事態に遭遇してもかまわない、という気持ちで旅していたが、そのフライトからぼくは急に「常に安全第一に願いますよ」などと思うようになってしまったのだった。

「生きていくこと」

これが「孫」がじいちゃんに及ぼす最初の「大きな力」なんだ、ということを、後になって知った瞬間だった。

人間、しかも、もう老境に入った人間に、生きる力を与えてくれる存在、それが孫なのだ。これが神でなくして、なんであろう。孫、その力よ！　その眩しさよ！

『三匹のかいじゅう』は、当初一時帰国だったはずの岳くん一家が、どうやら日本に生活のベースを移すことになった、というあたりで終わっているのだが、本書はその後、日本ですくすくと成長して行く「三孫」たちと、椎名さんの育児ならぬ「イクジイ」の日々が綴られている。

何よりも胸を打つのは、『岳物語』の当時、父親視点では見えなかったものが、じいじい視点では見える、ということ。父親として子どもに接する時間に比して、祖父として孫と接することができる時間は限られたものではあるが、だからこそ、逆に深くて濃いものであることを、本書は教えてくれるのだ。孫たちとの時間に、かつての自分と岳くんとの時間を重ね合わせるシーン、改めて、家族というものに向き合うシーン、など、など、孫との時間とは、こんなにも豊かなものである、ということを。

なかでも、かつて若い頃に旅した先の貧しい国で、「洗面器ぐらいの形と大きさの食器を真ん中にして家族のみんなが円座を組んでごはんを食べていた」その有様を見て、「そういう食事風景はそのままアジアの『貧しい風景』に見えた」椎名さんが、歳をとって同じような食事風景を見た時、「とてもいい風景」に見えた、というくだりがいい。その前に、超多忙の葉ちゃんが、なんとか時間をやりくりして「無理して遠回りして東京経由でアメリカに帰るルートを作っ」て、椎名ファミリーが全員顔を合わせる、というシーンが語られるから、余計にじん、とくる。本当の豊かさとは、〝家族が揃う時間〟にあること、その時間を持てることなのだ、と椎名さんは知ったのだ。

もう一つ、胸がぎゅうっとなったのは、「遠すぎていかなくなってしまった北海道の山の上にある別荘」を、売ってしまおうと思っていた椎名さんが、波太郎くんに、植物や虫がいる、あの山の上の家が好きだ、と言われた時のこと。椎名さんはその一言で、考えを変える。椎名さんは思う。「ぼく自身の、山の上の隠遁（いんとん）生活の夢作戦はもうかなえられないだろうが、孫たちにそっくり残してやる、というもっとスケールのある夢が生まれてきた」と。孫たちに残すのが、もっとスケールのある夢だ、というのがいい。「山の上の家」での夏休み、波太郎くんは言う。「一日が全部大事だ」と。その言葉は、きっと、三人の孫たちと日々を送る椎名さんの想（おも）いでもあるはずだ。

（よしだ・のぶこ　文芸評論家）

本書は、二〇一五年四月、新潮社より刊行されました。

初出誌
「小説新潮」二〇一三年十月号〜二〇一四年十一月号

椎名　誠の本

集英社文庫

岳物語

山登りの好きな両親が山岳の岳から名付けた、シーナ家の長男・岳少年。坊主頭でプロレス技もスルドクきまり、身もココロもすっかり釣りに奪われている元気な小学生。旅から帰って出会う息子の成長に目をみはるシーナ「おとう」。これはショーネンがまだチチを見棄てていない頃の美しい親子の物語。

椎名　誠の本

集英社文庫

続　岳物語

シーナ家の長男・岳少年。オトコの自立の季節を迎えている。父子の濃密でやさしい時代は終わろうとしていた。ある日、エキサイティングなプロレスごっこで、ついに父の体を持ち上げる。ローバイしつつも、息子の成長にひとりうなずくシーナおとう。カゲキな親子に新しくはじまった、オトコの友情物語。

椎名　誠の本

大きな約束

シーナ家に新しい家族が加わった。名前は「風太」。サンフランシスコに住む岳の子供だ。あいかわらず多忙な日々の中に、涼風のように飛び込んでくる風太くんからの国際電話。スバヤク「じいじい」の声になって対応しながらシーナは思う。人生でいちばん落ちついたいい時代を迎えているのかもしれない、と——。

集英社文庫

椎名　誠の本

集英社文庫

続　大きな約束

サンフランシスコの息子・岳から家族ともども日本に帰るという連絡が入った。マゴの風太くん、海ちゃんとの久々の対面を前に、シーナの意識にタダナラヌ変化があらわれる。「いいじいじい」になるためにベジタリアン化したり人間ドックに入ったり……。シーナ家三世代の物語、待望の続編。

椎名　誠の本

三匹のかいじゅう

シーナの息子一家が日本に帰ってきた。しっかりものの風太君、おしゃまな妹の海ちゃん、生まれたばかりの琉太君。三人のマゴたちに囲まれヨロコビに打ち震えるシーナ。東日本大震災の混乱を乗り越え、気がつくと三匹はそれぞれの成長をみせていく。シーナ家三世代の物語、感動の最終章。

集英社文庫

集英社文庫

孫物語（まごものがたり）

2018年10月25日　第1刷
2019年10月9日　第4刷

定価はカバーに表示してあります。

著　者　椎名（しいな）　誠（まこと）

発行者　徳永　真

発行所　株式会社　集英社
東京都千代田区一ツ橋2-5-10　〒101-8050
電話　【編集部】03-3230-6095
【読者係】03-3230-6080
【販売部】03-3230-6393（書店専用）

印　刷　大日本印刷株式会社

製　本　大日本印刷株式会社

フォーマットデザイン　アリヤマデザインストア　　マークデザイン　居山浩二

ISBN978-4-08-745799-5 C0195